वह कौन थी

वह कौन थी

संजीव

वाणी प्रकाशन

वाणी प्रकाशन

4695, 21-ए, दरियागंज, नयी दिल्ली 110 002

फ़ोन : +91 11 23273167 फ़ैक्स : +91 11 23275710

शाखाएँ

अशोक राजपथ, पटना 800 004, बिहार

कॉफ़ी हाउस कैम्पस, महात्मा गांधी मार्ग, इलाहाबाद 211 001, उत्तर प्रदेश

महात्मा गांधी अन्तरराष्ट्रीय हिन्दी विश्वविद्यालय, वर्धा 442 001, महाराष्ट्र

सुल्तानिया रोड, मोतिया पार्क, भोपाल 462 001, मध्य प्रदेश

www.vaniprakashan.in
marketing@vaniprakashan.in
sales@vaniprakashan.in

WAH KAUN THI?
by Sanjeev

ISBN : 978-93-88434-19-5
Collection of Stories

प्रथम संस्करण 2019

मूल्य : ₹ 200

जयन्त प्रिंटरी एलएलपी, मुम्बई-02 (इंडिया) में मुद्रित

वाणी प्रकाशन का लोगो मक़बूल फ़िदा हुसेन की कूची से

समर्पण

सर्वश्री

अजय कुमार, *जौनपुर*

कमल नयन पाण्डेय, *सुल्तानपुर*

जगदीश पीयूष, *अमेठी*

बी.डी. मिश्र, *सुल्तानपुर*

ओमप्रकाश मिश्र, *जौनपुर*

राम पियारे प्रजापति, *सुल्तानपुर*

रामनाथ प्रजापति, *जौनपुर*

और

कमांडेंट परम शिवम्, *अमेठी*

और

श्रीमती ममता सिंह, *अमेठी*

अनुक्रम

मैं भी ज़िन्दा रहना चाहता हूँ

"सालों मैं लड़ता रहा मज़हबी क़ानूनों से, मुल्क-मुल्क के क़ानूनों से, दोस्तों से, दुश्मनों से, अम्मी से, अब्बा से, भाई से... सबसे ज़्यादा ख़ुद से। अब लड़ा नहीं जाता।"

उसकी आवाज़ के ये चन्द टुकड़े थे, जो ज़ेहन में अटके पड़े हैं। ग़ज़ब कि नामुराद ने मिलने की जगह भी क्या बेतुकी चुनी थी—न ज़मीन, न आसमान, दोनों के बीचोबीच हवाई ज़हाज की मेरी बगल वाली सीट पर।

पुराने विज़िटिंग कार्डों को छाँट रहा था कि सहसा उसका कार्ड हाथ में आ गया। इतने दिनों बाद आज जैसे वह उछलकर मेरे ऐन सामने खड़ा हो गया और मैं एक नामालूम-से अपराध-बोध से भर गया हूँ।

"आपकी बगल वाली सीट खाली लगती है?" उसने मुझसे पूछा था।

"जी।"

"क्या मैं यहाँ बैठ जाऊँ?" वह एक गोरा-चिट्टा सुदर्शन युवक था।

"शौक़ से।" मैंने कहा।

और वह बैठ गया। इसके पहले मुझसे कई दोस्त मिलकर लौट चुके थे। यह देखकर उसने मुझे कोई विशिष्ट आदमी समझ लिया होगा और मदद की उम्मीद पाल ली होगी जबकि हक़ीक़त यह थी कि उसकी मदद कर पाने की औक़ात न मुझमें तब थी, न अब है। बहुत धीरे-धीरे वह ख़ुद को खोल रहा था। उसने अपनी पहचान के सारे सूत्र गोपन ही रहने देने की मिन्नत की थी। मैं गोपन ही रख रहा हूँ, पर कुछ नाम तो ज़रूरी होते हैं सम्बोधन के लिए—है न? फ़र्ज़ कीजिए उसका नाम 'सुलेमान' था। मगर सुलेमान के साथ-साथ कोई और नाम भी तजवीज़ करना पड़ेगा—औरताना

नाम! 'सलमा' रख लेते हैं! आपको अटपटा लगेगा क्या! ये क्या मज़ाक़ हुआ एक शख़्स का एक ही नाम काफ़ी नहीं है कि ये दो-दो नाम, वो भी एक मर्दाना, एक जनाना!

ज़रूरत है। 'सुलेमान' और 'सलमा' एक ही आदमी के नाम हैं। सालों तक हमारा 'सुलेमान' 'सलमा' को ढोता रहा है... सालों तक! मगर अब उससे ढोया नहीं जाता। यही उसकी समस्या है। पैदा हुआ था तब से 'सलमा' सवार रही उस पर। बेटी होकर पैदा हुआ था, सो नाम लड़कियों का! अम्मी तो उसे पैदा करने के साल भर बाद ही उससे उँगली छुड़ाकर ख़ुदा के पास चली गयीं। जितनी जल्दी उन्हें ख़ुदा के पास जाने की थी, उतनी ही जल्दी थी अब्बू को सलमा की नयी अम्मी लाने की। दूसरी माँ ने अगले साल ही मेरे भाई 'मनसूर' को जन्म दिया। माने 'सलमा' अपने सौतेले भाई 'मनसूर' से दो साल बड़ी हुई।

सुलेमान से मिले होते तो वह राख की ढेर से अपनी कहानी के शोलों को अपने ही अन्दाज़ में कुरेदता—"...गजाला बेगम, मेरी सौतेली माँ मुझसे बेसाख़्ता नफ़रत करतीं—एक तो सौतेली होने की वजह से, दूजे मेरे लड़की होने के नाते। उनका रहम पाने के लिए मुझे अपने सौतेले भाई को लादे रहना पड़ता। सँभाल न पाती तो मेरी चमड़ी उधेड़ दी जाती। जिस्म पर उन दिनों के दाग बताते हैं उन दिनों की दास्ताँ।

"हम भाई-बहन अब जवानी की दहलीज़ पर क़दम रखने जा रहे थे और चूँकि मनसूर के खान-पान का ख़ासा ख़याल रखा गया था, मैं रही ख़ुदा के रहम-ओ-करम पर इसलिए वह जितना गबरू दिखता, मैं उतनी ही मरगिल्ली! लाड़-प्यार में उसका मदरसा छूट गया था। आपके सामने आपका छोटा भाई लज़ीज पक़्वान, मेवे, केक और फ्रूट खाये जाये और आप टुकर-टुकर ताकने के सिवा कुछ न कर पायें, तो आप पर क्या बीतेगी? माँगने पर मिलतीं जली-कटी गालियाँ और मार भी! यह मनहूस सिलसिला न जाने कब तक जारी रहता कि एक दिन चन्द फ़ौजी मेरे घर में धड़धड़ाकर घुस आये। उन दिनों हमारे मुल्क में बदअमनी फैल चुकी थी। प्रेसिडेंट को गद्दी छोड़ने का अल्टीमेटम दिया जा चुका था। सिविलियन्स भी फ़ौजी हो गये थे, फ़ौजी तो फ़ौजी थे ही।

‘‘पहले तो हमने समझा, वे मुझे ले जाने आये हैं, मगर नहीं, वे मुझे नहीं भाई को ले जाने आये थे। नये फ़ौजी क़ानून के मुताबिक़ हर उस जवान का जंग में जाना ज़रूरी था, जो कॉलेज न जा रहा हो। छत्तीस महीनों बाद उसे रियायत मिल सकती थी, अगर उस परिवार में कोई दूसरा मर्द बच्चा न हो। चूँकि मनसूर के अलावा मेरा कोई दूसरा भाई, यानी मर्द बच्चा, न था सो उसे छत्तीस महीने बाद रियायत मिल सकती थी। अम्मा ने लाख कहा कि अभी तो उनका बेटा छोटा है, इस सलमा से भी दो साल छोटा, वो तो हमारी उम्दा परवरिश की वजह से बड़ा दिखने लगा है, उसे बख़्श दें, लेकिन उन्होंने एक न सुनी। जाते-जाते सिर्फ़ इतना कहा—‘बेटे के बचने की सिर्फ़ एक सूरत थी अगर वह कॉलेज में पढ़ रहा होता...। वो भी तालीम पूरी होने तक ही.... बाद में उसे फ़ौज में आना ही पड़ता।’

‘‘दूसरे अफ़सर ने ढाढस बँधाया, ‘आप नाहक परेशान हो रही हैं मोहतरमा, छत्तीस महीने बाद तो उसे मोहलत मिल ही जायेगी।’

‘‘ ‘सो कैसे?’

‘‘ ‘आपकी इस दूसरी औलाद के चलते। बेटा होता तो हरगिज़ न मिलती, ख़ैर मनाइए, यह बेटी है।’

‘‘बस उस दिन से मौसम बदल गया। मुझे जिलाये रखना अब्बा-अम्मी की मजबूरी बन गयी। मेरी खुराक़ बदल गयी। पोशाक बदल गयी। हर बात बदल गयी। कुछ तेल कम्पनियों में अपने शेयर्स थे। पैसों की कमी कतई न थी। मनसूर मेरा सौतेला भाई फ़ौज की ट्रेनिंग में जा चुका था। अब कम से कम उसकी फ़ौज से वापसी तक मेरी जान महफूज़ थी और उसके बाद मेरी शादी हो जायेगी। फिर कौन कहाँ, कौन कहाँ!

‘‘लेकिन क्या करूँ अपने नसीब का, जिससे मेरी खुशी ज़्यादा दिन तक देखी न गयी। अगले ही साल मुझे लगा, मेरे होठों पर मर्दों की तरह नरम-नरम रोएँ दिखाई देने लगे हैं। कुछ और भी जिस्मानी तब्दीलियाँ देखकर मैं परेशान रहने लगी। सहेलियों ने डराया, ‘यह क्या उगा लिए तुमने? उखाड़! उखाड़!’ शुक्र था उन्होंने आगे कुछ न पूछा।

"रोएँ मैं नोच दिया करती। मगर कुछ और उगा आ रहा था, मर्द के लिए शान और औरत के लिए शर्म! परिवार में इस खबर से विस्फोट होना ही था, हुआ।

"अम्मी ने सिर पीट लिया। अब्बा के होश फाख़्ता! अफ़सरों को मालूम पड़ गया तो मनसूर की फ़ौज से रिहाई अब किसी भी सूरत में मुमकिन नहीं। मनसूर, अम्मी-अब्बू की आँखों का तारा बेटा, कमज़ोर है, डरपोक भी। पढ़ाई-लिखाई भी उससे न हो सकी। अम्मी तो हरगिज़-हरगिज़ नहीं चाहती थीं कि उनका बेटा फ़ौज में बना रहे। अल्लाह-अल्लाह करके एक-एक दिन काट रही थी। जैसे-तैसे छत्तीस महीने का इन्तज़ार था। जैसे-तैसे कट जाते तो लौट आता फ़ौज से। लेकिन अगर अफ़सरान को मालूम पड़ गया कि हालात बदल चुके हैं, तो उसे फ़ौज में ही बने रहना होगा। डर था, कहीं पहली ही लड़ाई में वह जान से हाथ न धो बैठे। सो, मुझे लड़की ही बने रहना चाहिए हर हाल में। उन्होंने बाल साफ़ करने के कुछ आम और ख़ास नुस्खे बताये और कोई लोशन-वोशन भी मुझे ला दिये। अम्मा कुछ ज़्यादा ही मेहरबान रहने लगी थीं मुझ पर। मेरा बैंक बैलेंस बढ़ता ही जा रहा था। कुदरत मुझे मर्द बनाने पर तुली हुई थी और अम्मी औरत...।

"मन को भटकाव से रोकने के लिए मुझे ज़्यादा से ज़्यादा वक़्त मज़हबी किताबें पढ़ने को कहा गया। तभी एक दिन पाक क़ुरान शरीफ़ का एक पन्ना पढ़ते हुए मैं चौंक गयी। 'सुरे रहमान' के ये हरूफ अँधेरी रात में सितारों-से जल उठे—'अपने चरित्र को इतना साफ़ रखो कि जब भी मेरे पास आओ, नज़र से नज़र मिला सको। मैंने तुम्हें कितनी नियामतें बख़्शी हैं, तुम किस-किस को झुठलाओगे...?'

"सच मानिए, कोई करिश्मा-सा हुआ। मेरा टोन बदल गया, मैं मर्द की जुबान बोलने लगा। मैं मर्द बन गया! अरे यह मैं क्या कर रहा था, अल्लाह से परदा! अल्लाह से फ़रेब!"

वाक़ई वह फेमिनिन से मैस्कुलिन जुबान बोलने लगा था। क्या वह कोई नाटक कर रहा था? अजीब ड्रामेबाज़ शख़्स था। मैं उसका गोरा सलोना चेहरा देखने लगा।

''इस बीच मैं तरह-तरह के सेक्सुअल टॉर्चर्स, पचासों तरह के बेरहम मज़ाक़ों, जलालतों का शिकार होता रहा। दरअसल, वह एक जंग थी जो मैं उन दिनों लड़ रहा था। एक दिन अम्मी के हाथ मेरी डायरी लग गयी। अम्मी ने अब्बू को दिखाई। मेरा नाम सलमा से काट कर सुलेमान हैदर कर दिया गया था। दोनों ने दोनों को देखा और संजीदा हो गये। उनकी अदालत में मेरी पेशी हुई।

'' 'ये क्या है?' अम्मी की उँगली काँप रही थी।

'' 'तुम डॉक्टर के पास कब गयीं?'

'' 'मुझे कुछ ज़्यादा ही परेशानी होने लगी थी।'

'' 'तुमने हमसे कहा होता।' अब अब्बा, अम्मी से ज़्यादा अज़ीज़ ये डॉक्टर और काज़ी हो गये।

'' 'मैं पहले ही कह रहा था, इसे इतने पैसे न दो, न दो लेकिन तुमने मेरी एक जो सुनी होती। हमारे पैसे डॉक्टर को दे आयी और उलटी-पलटी दवा खाकर जिस्म की ऐसी की तैसी करा डाली। लो भुगतो अब।' अब्बा हैदर साहब ने अम्मी को कोसा।

''बुत हो गयी थीं अम्मी। यक-ब-यक पागलों-सी उठीं और मेरे कपड़े खोलने लगीं। अब्बा ने किसी तरह उनके वहशीपन को क़ाबू में किया, 'इसे डॉक्टरों को ही नंगी करने दो। हम-तुम क्या समझेंगे।'

''डॉक्टर के पास धावा बोला गया। हमें तार-तार नंगा किया गया। डॉक्टर ने कहा, 'आप लोग अपनी औलादों का ख़याल नहीं रखते! ये हारमोनल चेंजेज़ एक दिन में तो हुए नहीं। इसकी माहवारी बन्द है। ये देखिए स्वेलिंग, ये क्या है मालूम?'

'' 'जी नहीं।'

'' 'टेस्टीज हैं। बाहर आना चाहते हैं। ऑपरेशन करना होगा और इनके बीच इसका ये छोटा-सा पेनिश भी—जो दोनों ओर से चोक्ड हो गया है।'

'' 'हाय अल्लाह! अब चौबीसों घण्टे इसे नंगा करके देखते तो नहीं रहेंगे कोई माँ-बाप!' अम्मी ने सफ़ाई दी।

'' 'चौबीसों घण्टे की निगरानी की ज़रूरत नहीं होती। कुछ मोटी-मोटी बातें हैं जिनसे अन्दाज़ लग जाता है। उसके हाव-भाव, उसकी पसन्द।' वे

तनिक रुके, फिर पूछने लगे, 'सलमा...सॉरी सुलेमान हैदर, का रुझान लड़कों में ज़्यादा था या लड़कियों में?'

" 'पहले तो लड़कों में...।'

" 'अब?'

" 'अब का पता नहीं।'

'सच्चाई सुन पायेंगे...! लड़कों ने लड़की जान कर इसके साथ सेक्स करना चाहा, मगर हक़ीक़त देखकर भन्ना गये। फिर कहा, हमने तुझे नंगे देख लिया है, अब हम जैसा कहते हैं, वैसा करता जा, वरना यह बात हम सबको बता देंगे और तू पूरी दुनिया के सामने नंगा हो जायेगा। फिर इसके साथ 'होमो' जैसा सेक्सुअल टॉर्चर। बहुत जहालत झेलनी पड़ी है इस बेचारे को। सलमा की केंचुल झड़ गयी और उसके अन्दर से सुलेमान हैदर निकल आया। अब अल्लाह की यही मर्ज़ी है तो वो क्या, हम क्या और आप क्या!'

"मैं वहाँ से भाग आया। कोर्ट में नालिश की। कोर्ट ने एक हेल्थ कमेटी बनाकर मुझे उसके हवाले कर दिया। मेरी थॉरो मेडिकल जाँच हुई। सेक्स हारमोन्स लेबेल की भी। अल्लाह के करम से अल अजहर का फ़तवा मिला। मुझे इजाज़त मिल गयी कि मैं सारे क़ानूनी काग़ज़ात बदलवाकर उन्हें दुरुस्त करवा लूँ। मैं सलमा से सुलेमान हैदर बन गया हालाँकि अभी ख़ुदा की ख़ुदाई के, यानी मेडिकल के बहुत से इम्तेहान पास करने थे मुझे।

"उधर अम्मी ने नये पैंतरे बदले, कुदरत के कहर को रोका नहीं जा सकता, मगर उसे कुछ वक़्त के लिए टाला तो जा ही सकता है।" छत्तीस महीने की कम्पलसरी मिलिटरी सर्विस के कुछ दिन बीत चुके थे। बाक़ी भी बीत ही जायेंगे। तब तक किसी तरह सुलेमान हैदर सलमा बना रहे। बाद में जो होगा, देखा जायेगा।

"इधर अरब, साउथ वेस्ट एशिया के हालात बिगड़ते जा रहे थे। तेल के लालच में दुनिया के बाक़ी देश भी इस डिस्टरबेंस से अपने को अलग नहीं रख सकते थे ख़ास कर अमेरिका और यूरोप। सिविलियन्स को भी मिलिटरी ट्रेनिंग दी जा रही थी। यानी आप कोई भी हों, चाहें, न चाहें, जंग से अलग नहीं रह सकते। डेढ़-दो सौ रोज़ ही हलाक होते। मुल्क अपनी-अपनी जंग लड़ रहे थे, अम्मी अपनी जंग, मैं अपनी। अम्मी के दिन

नये-नये फन्दे डालने में ज़ाया हो रहे थे, मेरे उनसे बचने में। पहले मुझ पर यह इलज़ाम लगा कि मेरा पासपोर्ट ग़लत है। पासपोर्ट की एनक्वायरी पूरी हुई तो मुझ पर चोरी का इलज़ाम। मुझे हिरासत में ले लिया गया। कुछ दिन इस पर बहस चली कि मुझे जनाना जेल में रखे या मर्दाना सेल में। आख़िर एक अलग ही सेल बना मेरे लिए। इन ज़्यादतियों का कोई मतलब न था, सिवाय इसके कि बीच के वक़्त को इतना खींचा जाये, इतना कि वह छत्तीस महीने के जादुई आँकड़े को ढँक ले। शुक्र था, मनसूर को अभी तक किसी मिलिटरी ऑपरेशन में नहीं भेजा गया था और उसकी जान सलामत थी। मेरी मुश्किलें बढ़ती गयीं। मैं तन्हा और उदास फ़िक्र में डूबा रहता। मुझसे बात तक करने वाला कोई नहीं।

''रस्साकशी चलती रही। नये-नये हथकंडे अपनाये जाते रहे। मगर वे मुझे 'सुलेमान हैदर' से वापस सलमा की ओर लौटा पाने में कामयाब न हो पाये। वकीलों ने शायद कोई नयी तरकीब ईजाद की, अगर मैं लिखकर दे दूँ कि मैं सुलेमान नहीं, सलमा हूँ तो काम बन जायेगा। अम्मी ने चारा फेंका कि अगर मैं उन्हें ऐसा लिखकर दे दूँ तो मेरे ख़िलाफ़ सारे मुकदमे वापस ले लेंगी। यही नहीं, वे हमें अपने साथ रहने भी देंगी। मेडिकल ट्रीटमेंट भी करायेंगी। काबा भी ले जायेंगी और कुछ मानी हुई मज़ारों पर भी। अस्पताल ऐसे कि हर दर से इनकारे गये मरीज़ों को भी चंगा कर दें और मज़ारें ऐसी कि पूछो मत...बड़े-बड़े सुल्तान और अमीर वहाँ मन्नतें माँगने जाते हैं और मौला सबकी मुरादें पूरी करते हैं।

''मैं कोई बच्चा न था कि ऐसे झुनझुनों से बहल जाता। जिस्म के सहने की भी एक हद होती है। मैं वो सारी हदें पार कर गया। आये दिन की इन जिरहों में टेंशन झेल न पाया, डायबेटिक कोमा में चला गया।

''कोमा से निकला तो लगा मैं सदियों की नींद से जगा हूँ। वह कौन-सी दुनिया थी जिसे मैं छोड़कर गया था और यह कौन-सी दुनिया है, जिसमें मैं लौटकर आया हूँ। जंग के रंग गहरे हो गये थे और एक अजीब-सी अफरा-तफरी मची हुई थी। होश में आने पर पता चला कि मेरे अब्बू-अम्मी दूसरे मुल्क जा चुके हैं। महज़ थोड़ी-सी रकम हॉस्पिटल में मेरे नाम रख गये थे, जो हॉस्पिटल चार्जेज़ या मेरे मर जाने के बाद कफ़न-दफ़न के लिए

काम आती। हैदर मियाँ, मेरे अब्बू और गज़ाला बेगम, मेरी सौतेली अम्मी, से मुझे होश में आ जाने या मेरे मर जाने तक का इन्तज़ार भी न हुआ। मैं मर जाता तो हमेशा के लिए उनकी राह का काँटा निकल जाता और ज़िन्दा रहता तो वे मिलिटरी वालों के पास यह लॉजिक देते कि अव्वल तो उनके दोनों बेटों को अलग-अलग मुल्कों में रहना पड़ रहा है, दूजे उनमें से एक सुलेमान हैदर शुगर का पेशेंट है, दूसरा फ़ौज में। इस तरह कायदे से देखा जाये तो हमारे परिवार का अब अकेला कमाऊ बेटा मनसूर है, जो फ़ौज में है सो उसे फ़ौज में बने रहने की पाबन्दी से रिहा किया जाये। अल्लाह करम रखें।''

सुलेमान हैदर अपनी कहानी पूरी करते-करते हाँफने लगा था जैसे कई फ़ौजी उसकी जान के पीछे पड़े हैं। दुनिया के तमाम मुल्कों में, ख़ास कर अरब और मुसलिम देशों में मज़हब, तेल, सियासत, बाज़ार, बॉर्डर के नाम पर वर्चस्व के लिए जो घमासान मचा हुआ है, उसमें सुलेमान जैसों की दर्द भरी दास्तान सुनने की किसे फुरसत है?

''मैं भी औरों की तरह एक मुकम्मिल ज़िन्दगी जीना चाहता हूँ, जो भी, जितनी भी मुमकिन हो, घुट-घुट कर मरना नहीं चाहता। मैं भी ज़िन्दा रहना चाहता हूँ। किसी तरह, किसी भी तरह। मेरे मुल्क और पड़ोसी मुल्कों में जो क़त्लेआम, ख़ून-ख़राबा, धमाके और चीख़ें सुनाई पड़ रही हैं सुकून और अमन एक गैर-मुमकिन-सी नियामत है। जान बचाने को लोग इंग्लैंड या दूसरे यूरोपीय मुल्कों, अमेरिका में भाग रहे हैं। मन करता है मैं भी भागने वालों के साथ हो लूँ, किसी हाइडेल पार्क, किसी स्टैच्यू ऑफ़ लिबर्टी से चीख़-चीख़ कर अपनी दास्तान बयाँ करूँ। आपसे मैंने अपनी दास्तान बयाँ की, मुझ बदनसीब के लिए कुछ कर सकते हों तो ज़रूर करें प्लीज़! ये रहा मेरा कार्ड। मैं इन्तज़ार करूँगा।'' यह सुलेमान की आख़िरी इल्तज़ा थी।

अफ़सोस, मैं कुछ भी न कर पाया! कार्ड मेरे हाथ में है। कार्ड है या किसी घायल परवाज़ का कोई टूटा हुआ पर?

रामलीला

मेरी इस कहानी को पढ़ने के बाद बेशक़ आप मेरे गाँव अहमदपुरा को 'अहमक पुरा' कहने लगें, मुझे इसका मलाल नहीं होगा। यह भी हो सकता है कि आप इसे पूरी की पूरी मनगढ़न्त मान कर ख़ारिज कर दें। मुझे इसका मलाल भी नहीं होगा। मुझे ख़ुद इस कहानी पर हैरानी है कि वक़्त रहते मुझे इसके चक्रव्यूह से बाहर निकल आना चाहिए था। मगर मैं न कर सका, मुझ पर भरत का भूत जो सवार था। एक ख़ुशबू के नशे की तरह छायी हुई है मेरे चारों तरफ़ यह रामलीला। यक़ीन न हो तो अहमदपुरा ख़ुद हो आइये एक बार।

तब आज की तरह अहमदपुरा में हिन्दुओं की इतनी आबादी न थी। मुस्लिम बहुल आबादी का गाँव हुआ करता था अहमदपुरा–दो तिहाई मुसलमान, एक तिहाई हिन्दू। कुछ बड़ा हुआ तो पता चला कि जात-पात और धर्म-मज़हब की पहचान के बिना इनसान की कोई मुकम्मिल पहचान नहीं होती। मगर अहमदपुरा यहाँ भी अहमक़। पूछने पर बड़े-बुजुर्ग हँस देते–

जात अहमद की कोई क्या जाने,
या अली जाने या ख़ुदा जाने।

कोई करेगा इस बात पर यक़ीन? कुछ देर के लिए यक़ीन कर भी ले तो इस बात पर तो शायद ही यक़ीन करेगा कि यहाँ के मुसलमान रामलीला भी खेला करते धूप-दीप के अनुष्ठानिक अन्दाज़ में–बेशक़ अपने अन्दाज़ में। यक़ीन आये भी तो कैसे, रामलीला के बन्द हुए भी, नहीं-नहीं तो बीस-एक साल हो चुके। अब्बास और अलताफ़ जिन दो भाइयों पर रामलीला टिकी हुई थी, उनका भी वर्षों से अता-पता नहीं। 'राम' और 'भरत' के किरदार

वही निभाते। पुकारने का नाम भी धीरे-धीरे अब्बास अलताफ़ से बदलकर 'राम' और 'भरत' या 'बड़कू' और 'छोटकू' हो गया। उनके अब्बा सादिक हुसैन मेरे पड़ोसी हुआ करते। हुसैन साहब और बहुतेरे मुसलमानों की नज़र में हम हुसैनी ब्राह्मणों के खानदान से आते थे—हिन्दुओं का वह कुनबा जिसने कर्बला के दौरान इमाम हुसेन को बचाने के लिए अपने सात बेटों की क़ुर्बानी दी थी। मुझे इस बात पर कभी यक़ीन न रहा। ऐसे कितने मिथ बुने और उधेड़े जाते रहते हैं हर धर्म-सम्प्रदाय में। छोटकू के लिए अवध सीमातीत था और रामलीला भी। हम हिन्दुओं द्वारा अमूमन खेली जाने वाली रामलीला से अलग थी किंचित यह रामलीला। यह रामलीला हमारे गाँव में कब से चल रही है, या वक़्त-वक़्त पर इसमें क्या-क्या तब्दीलियाँ होती रहीं, उसका हमें ठीक-ठीक पता नहीं, जैसे हमें यह पता नहीं कि हमारे, यानी हिन्दुओं के नाम राम शुभान और राम इक़बाल और मुसलमानों में भोला मियाँ कब से होने लगे।

ताज़िया पर हम साथ-साथ होते 'हाय हसन, हाय हुसैन' कहकर साथ-साथ छाती पीट-पीट रोते और मर्सिया गाते—

वह गर्मियों के दिन, वह पहाड़ों की राहें सख़्त,
पानी न मंज़िलों, न कहीं साया ए दरख़्त,
चिल्लाती है सक़ीना कि अच्छा मेरे चचा,
महमिल में घुट गयी मुझे गोदी तो लो जरा...

और जब मैं इमाम हुसैन की निर्मम हत्या को अभिनय-गायन से साकार कर रहा होता—

गिर कर कभी उठे, कभी रखा ज़मीं पे सर
उगला कभी लहू तो सम्हाला कभी जिगर।
हसरत से की खियाम की जानिब, कभी नज़र,
करवट कभी तड़प के कभी ली, कभी उधर
उठ बैठे तो जख़्मों से बरछी के फल गिरे,
तीर और तन में गड़ गये जब मुँह के बल गिरे।

चाची (सादिक की पत्नी) के साथ मेरी माँ और दूसरी औरतें भी ज़ार-ज़ार रोतीं। इसी तरह माई जब बारिश की झड़ी के बीच यह भजन गाती—

सन-सन सन सन हवा चलत है, पवन बहे पुरवाई,
कौन बिरिछ तर भीजत होइहैं राम लखन दुनो भाई...

तो चाची समेत सभी औरतें रोने लगतीं।

उन दिनों राम और भरत तो बड़कू, छोटकू (अब्बास, अलताफ़) बनते मगर शक्लो-सूरत, यकसां होने के नाते लक्ष्मण बनता मैं। दूर-दूर के गाँवों से लोग 'भरत मिलाप' देखने आते। हमने न सिर्फ़ रामकथा में बाज़ मौक़ों पर फौरी तब्दीलियाँ की थीं, बल्कि रामलीला के बाद 'कर्बला' के नाटक में भी, जैसे यजीद की जगह कभी रावण, कभी हिटलर, पार्श्व संगीत भी कहीं का उठाकर कहीं, जैसे यहाँ—"जानि न जाइ निशाचर माया।"

हमारे जन्म से पहले पार्टीशन की आँधी आयी। पहले झोंके में न जाने क्या सोच कर अहमदपुरा के भी तीस-एक परिवार उस पार गये, जिसमें बीस एक तो बॉर्डर से ही रो-गा कर आगे पीछे लौट आये—"हमसे नहीं होगा"। जो पाकिस्तान गये, उनमें भी कुछ लोग लौटना चाहते थे, मगर आख़िर-आख़िर तक न हो सका। कुछ एक तो बलवाइयों के शिकार होकर न इधर के हो पाये, न उधर के। हमने देखा नहीं मगर फिर भी सुनते हैं, कुछ लोग पाकिस्तान चले गये, सादिक चचा का परिवार नहीं गया। बाबरी मस्जिद टूटी, सादिक चचा का परिवार नहीं गया। छोटे-बड़े अनेक बवण्डर आये, अहमदपुरा झेल गया। रामलीलाएँ चलती रहीं। उन्हें या उन जैसे दूसरे मुस्लिम परिवारों को कभी डर नहीं लगा। वजह...? रामलीला! कहते, वे हमारा नुक़सान नहीं कर सकते, हमारे पास उनके राम-भरत हैं।

गाँव के पुजारी भी कहते अवध माने अयोध्या अर्थात् जहाँ युद्ध नहीं हो सकता, सो अहमदपुरा श्मशान भूमि नहीं बन सकता। पर हमें लगता, श्मशान न सही त्याग और वैराग्य की भूमि तो है ही। छोटू के पास इस अवधारणा के पीछे कई वज़नी तर्क थे। इनमें सबसे बड़ा था जोगियों की बस्ती। यह भी क्या संयोग है कि अहमदपुरा की नहर के किनारे-किनारे जोगियों की बस्ती बसी हुई है। जगह-जगह भटकते इन यायावरों को बसने के लिए उससे माकूल जगह और नहीं भायी। लोग इन्हें कहते तो मुसलमान मगर ये ख़ुद को गुरु गोरखनाथ या माया मछन्दर का शिष्य बताते। शायद इनके गुरु साम्प्रदायिकता से दूर कुछ ज़्यादा ही सेक्युलर रहे होंगे।

गृहस्थ थे बाल-बच्चेदार, मगर गेरुए पहनते। हर एक के पास एक अदद सारंगी होती जिसे बजा-बजा कर, भजन गा-गाकर भीख माँगते। भीख भी क्या—गुदड़ी! एक पुरानी साड़ी या धोती। गोरखनाथ और मछन्दरनाथ के अलावा आजमगढ़ के बाबा भैरों नाथ, मगहर और काशी के बाबा कबीर दास, बंगाल के जोगी गोपीनाथ और उज्जैन का अपना राजपाट त्याग कर योगी बने भर्तृहरि या भरथरी। इनकी भाषा अवधी में भोजपुरी का पुट लिए हुए होती और वैराग्य घोलती रहती—

केहू ना चीन्ही गोपीचन्द केहू ना चीन्हीं,
भाई ना चीन्ही बहिना ना चीन्ही,
जोगी क सुरतिया नाहीं बिरना
बहिनिया ना चीन्ही...

सम्भवतः ये ग़रीबों के भजन थे अथवा अवध और पूर्वी उत्तर प्रदेश के दारिद्र्य के दिग्दर्शन! जोगी अपनी माँ से गुदड़ी माँगने गया है मगर माँ के पास अपने जोगी बेटे को अपनी फटी गुदड़ी के सिवा देने को कुछ नहीं है—

अरे एतना बचनिया हो माई भर भर रोवें
फटही गुदरिया हो माई झरि झरि रोवें

किस कारण बेटा बना जोगी, माई ने जनम तो दिया, करम क्यों नहीं दिया?

वैराग्य की दारुण विडम्बना राजा भरथरी में होती। जोगी बनकर 'पत्नी को ही 'माँ' कहकर जब तक उनसे गुदड़ी की भीख न ला पाते, उनकी साधना पूरी न होती।

हम आपस में इस विषय पर घण्टों चर्चा करते। ख़ुद को इतना डी-क्लास करना, इतना कि 'पत्नी' भी 'माँ' लगने लगे, जीवन और यौवन की ज़रा भी आसक्ति नहीं। विस्थापन का दर्द झेलते-झेलते सभी बैरागी हो गये। गोरखनाथ गोपीचन्द ही नहीं, भर्तृहरि जैसे राजा और राम जैसे युवराज भी। छोटकू या भरत त्याग और वैराग्य की इन बातों पर ऐसे बहस करता जैसे इस कड़ी में अगला नाम उसी का जुड़ने जा रहा है। मैं छोटकू से कभी भी सहमत न हो पाता। मेरे ख़याल से यह सीधे-सीधे 'इस्केप' था। वह हँसता, "वाक़ई तुम लक्ष्मण हो।"

गाँव में चकबन्दी शुरू हो गयी तो पहली बार कुछ नये चेहरे अहमदपुरा में नज़र आये। अपना चक दूर ऊसर में लेकर और कुछ यूँ ही किसी दूसरे अज्ञात भय या लोभ से अपनी ज़मीनें औने-पौने दामों में बेचकर किन्हीं दूसरे मुस्लिम मोहल्लों में चले गये। उनकी जगह हिन्दू परिवार आकर बसे। फिर मन्दिर बने। मस्जिद की तर्ज पर चोंगे फिट हुए। हमारे लिए दिक्क़त तब शुरू हुई जब क़ब्रिस्तान के अगल-बगल भी चकबन्दी में हिन्दुओं की ज़मीनें निकल आयीं।

हमें अपने बचपन का क़ब्रिस्तान याद है। इसकी ईंट की चौहद्दी के अन्दर बीच में क़ब्रें थीं और किनारे-किनारे नीम, ढेरा और किस्म-किस्म के पेड़। बसन्त में कचनार और गर्मियों में गुलमोहर, अमलतास, बरसात में कदम्ब के फूलों की छटा देखते ही बनती। बगल से रास्ता था जिसे हम जल्दी-जल्दी पार करते। हमें बताया गया था कि क़ब्रिस्तान में रूहें होती हैं, जिन्नात का पहरा होता है। कितनी-कितनी दास्तानें! वह डर दूर किया सादिक चचा ने। कहा, "तुम्हें जिन्नात कभी परेशान नहीं कर सकते।"

"वजह?"

"रामलीला।"

फिर कहा, "डर लगे तो 'या अली', 'या बजरंग बली' कहो, डर भाग जायेगा।" और वाक़ई डर भाग जाता।

चाची का इन्तक़ाल हुआ तो पूरा अहमदपुरा उलट पड़ा। लेकिन वहीं विवाद हो गया। नये-नये बसे रघुराज सिंह ने मैयत को क़ब्रिस्तान में दफ़न होने से रोक दिया। यह पहला मौक़ा था कि कोई लाश क़ब्रिस्तान के फाटक पर पड़ी रही। वजह? जाने कैसे उनकी ज़मीन चकबन्दी में क़ब्रिस्तान के अन्दर तक घुस आयी थी। लोगों ने कई तरह से उन्हें मनाने की कोशिश की मगर वे टस से मस न हुए 'लेंगे तो वहीं, नहीं तो कोर्ट जायेंगे।' पूरे दो दिन, दो रात चाची की मैयत क़ब्रिस्तान के फाटक पर लावारिस की तरह पड़ी रही। नहीं, लावारिस नहीं, मैयत के इस ओर और उस ओर भिनभिनाती और उमड़ती रही भीड़। दोनों धर्मों के मानवर लोग आये, नेता आये, एस.डी.एम. आये, ज़िलाधीश आये, एस. पी. आये, और भी कितने हाकिम-हुक्काम आते रहे, जाते रहे। पुलिस के जवानों ने घेर लिया क़ब्रिस्तान को, गाँव के नाके-नाके पर, मन्दिर और मस्जिद पर भी सिपाही खड़े हो

गये। रघुराज सिंह के लोग उधर थे, सादिक चचा के समर्थक इधर। सारा समझाना-बुझाना बेकार सिद्ध हो रहा था। किसी की समझ में नहीं आ रहा था कि क्या किया जाये। अलबत्ता बीच-बीच में कोई सन्देशवाहक इधर से उधर या उधर से इधर आता-जाता दिख जाता जैसे युद्ध भूमि में कोई योद्धा घोड़ा दौड़ाता आ, जा रहा होता। मैं बर्फ़ की सिल्लियाँ ला-लाकर रखता रहा पर माहौल की बर्फ़ थी कि पिघल नहीं रही थी। पूरा अहमदपुरा किसी बारूद के ढेर पर खड़ा था मानो। कभी भी फट सकता था। किरचें उड़कर कहाँ-कहाँ तक जातीं, पता नहीं। आख़िर मेरे बाबूजी और सादिक चचा में सलाह-मशविरा हुआ। राम, भरत और लक्ष्मण यानी अब्बास, अलताफ़ और मुझे भी शामिल किया गया और मैयत को हमने कन्धे पर उठा लिया। चाची को उनके अपने आँगन में मिट्टी देना तय हुआ। क़ब्र खोदने से पहले सादिक चचा ने हाथ उठाकर भर्राये गले से पूछा, "गाँव वालो, ज़िले-जवार वालो, यहाँ तो किसी की ज़मीन नहीं निकलती?" भीड़ को जैसे साँप सूँघ गया, कोई जवाब नहीं।

"है तो बता देना।" सारे सिर झुके रह गये। क़ब्र भरी जा रही थी। मिट्टी झर रही थी और उसके साथ झर रहे थे शब्द—

"कोई चोट उतनी नहीं होती जितनी बगली घूँसों की, कोई भी साँप इतना कातिल नहीं होता जितना आस्तीन का। कोई भी कान इतना तेज़ नहीं होता, जितना दीवार का और कोई दुश्मन इतना ख़ौफ़नाक नहीं होता जितनी दगा।

"इज़्ज़त की मौत बेइज़्ज़ती की ज़िन्दगी से कहीं बेहतर है।"

मैं चौंका अरे ये तो प्रेमचन्द के कर्बला ड्रामा के हुसैन के डायलाग्स हैं। सादिक चचा ही हुसैन का रोल निभाने का रिहर्सल करते। आज वे मौन थे, और शब्द मुखर।

क़ब्र में सिर्फ़ चाची ही दफ़न नहीं हुई, बहुत कुछ दफ़न हो गया। वे हिन्दू लड़के जो मुस्लिम लड़कियों से प्रेम करते थे और मुस्लिम लड़के जो हिन्दू लड़कियों से मन ही मन प्रेम करते थे, उन सारे मकड़जालों को किन्हीं बेरहम हाथों ने पोंछ दिया था। मैं सादिक चचा की बेटी कुलसूम को मन ही मन चाहने लगा था, और अलताफ़ भी मेरी बहन

सरस्वती को। एक झटके से वे तन्तु टूट गये। पहले ही कहा, सादिक चचा और दूसरे मुसलमान हमें मन ही मन हुसैनी ब्राह्मण समझने लगे थे, जिन्होंने कर्बला में इमाम हुसैन की जान बचाने के लिए अपने सात बेटों की क़ुर्बानी दी होगी, यह तन्तु भी। एक ही रात में कितना कुछ उलट-पलट गया।

अगले महीने का कोई मनहूस-सा दिन था। मैं सिविल सर्विसेज़ की परीक्षा देने इलाहाबाद गया हुआ था। लौटा तो देखा सादिक चचा के दरवाज़े पर ताला झूल रहा था। पता चला, सादिक चचा पाकिस्तान चले गये। हठात् पाकिस्तान? माँ ने आँसू पोंछते हुए बताया, "अब इतनी जिल्लत पर कोई ख़ुद्दार आदमी इस गाँव में कैसे रुकता?"

"क्या पूरा परिवार भी?"

"सिर्फ़ छोटकू को छोड़कर!" माँ ने गला साफ़ किया और कहा, 'माँ को छोड़कर भला वह कैसे जा सकता है यहाँ से?' बहुती तरह से बाप ने समझाया, भाई ने समझाया, बहिन ने तो कसम तक दिला दी लेकिन उसका एक 'ना', हज़ार 'ना!' "

"क्या कुलसुम भी?" मैंने डरते-डरते पूछा।

"कहा न, एक छोटकू को छोड़कर सभी!"

मेरे अन्दर कुछ झन्न-सा टूटा। हतबुद्ध-सा खड़ा रहा फिर बोला, "छोटकू है कहाँ?"

"सुरसत्ती को इम्तहान दिलाने फ़ैज़ाबाद गया है।"

खाना-वाना जैसे-तैसे टूँग-टाँग कर मैं खाट पर लेटा तो माँ सामने आकर खड़ी हो गयीं। लगा, कुछ बोलना चाहती हैं। मैंने उन्हें सवालिया निगाह से घूरा, "बाबूजी कहाँ गये हैं?"

"वे भी सुरसत्ती के और छोटकू के साथ ही गये।" तनिक रुकीं फिर बोलीं, "आजकल किसी पर भरोसा नहीं बेटा। सोचते हैं, हम लोग भी यहाँ का सब कुछ बेच-बाच कर शहर चले जायेंगे।"

मैं सन्न! यह क्या कह रही थी माँ! छोटकू पर भी भरोसा नहीं, उस छोटकू पर जिस पर वे मुझसे ज़्यादा भरोसा करती आयी थीं!

"खाना-वाना कहाँ खाता है?"

"तब से तो यहीं। अब सोचते हैं, अपना कोई अलग इन्तज़ाम देखे, घर में जवान बेटी है। पचास तरह के लोग पचास तरह की बातें करते हैं। ये देखो, रामलीला वाली डायरी भी यहीं छोड़ गया है।"

मैं यूँ ही पन्ने पलटने लगा, पहले ही नज़र गयी शूपर्णखा के संवाद पर–

"भाई दो लड़के रामलखन इस दण्डक वन में आये हैं,
और संग में एक सीता नामी सुकुमारी नारी लाये हैं।
बाँके हैं और लड़ाके हैं, गोया शमशीर उन्हीं की हो,
यूँ पंचवटी में रहते हैं जैसे जागीर उन्हीं की हो।"

ख़याल आया, मुमताज रामलीला में शूपर्णखा और कर्बला में नसीमा भी बनता और यजीद के दरबार की नाचने वाली नरगिस भी। शूपर्णखा की नाक कटती तो नीचे भिलमिला रहे बच्चों पर कटी नाक छिड़ककर फेंकता, पके टमाटर से नकली नाक बनती जो मेरे खेतों से तोड़े जाते।

'कर्बला' का एक और गीत दर्ज था।

"सबे वस्ल वह रूठ जाना किसी का
वह रूठे को अपने मनाना किसी का।"

याद आया इसे रावण दरबार के नृत्य गीत के रूप में फिट करने की योजना थी पर यह योजना फिलवक़्त तो ऊँट को अटारी पर चढ़ाने जैसी दुःसाध्य ही सिद्ध हो रही थी। ऐसे कई ऊँट पाल रखे थे छोटकू ने, जो अटारी पर चढ़ाये जाने की अपनी बारी का इन्तज़ार कर रहे थे। इनमें गोरखनाथ भरथरी के मुसलमान जोगियों के गीत भी शामिल थे। मगर राम (बड़कू) के पाकिस्तान चले जाने के बाद उसमें हैरतअंगेज़ तब्दीली आने लगी थी और वह इनसे विरक्त रहने लगा था। विरेचन मुझमें भी आ रहा था।

मैं कहता, "मेरा ख़याल है, ये सारे लफड़े जायदाद के बँटवारे और परिवार की रंजिशों के चलते हुए, बीतते वक़्त के साथ गढ़ ली गयीं कहानियाँ। सारे मिथ गप हैं। सारे मज़हब एक-दूसरे के ख़ून के प्यासे। यह झूठ है कि ये प्रेम, त्याग और आदर्श के संस्थापक हैं।"

"पर इन मिथों के सिवाय हमारे पास दूसरा चारा ही क्या बचा है, अलग-अलग फिरकों को जोड़ने के लिए? मसलन हुसैनी ब्राह्मणों वाली बात! उसे भी झूठ कहकर उड़ा दोगे?"

"मुझे नहीं मालूम। मैं कोई इतिहासकार नहीं हूँ। यहाँ का हाल तो यह है कि एक-दो पीढ़ी के जाते न जाते बच्चे अपने पुरखों तक को पहचानने से इनकार करने लगते हैं। खानदान के इतिहास को क़ब्रों से निकालकर कठघरों में बार-बार खड़ा किया जाता है, उसे अपने हिसाब से ढाला जाता है...और तुम हज़ार-डेढ़ हज़ार साल पहले की बात करते हो, जिसका आधार भी मिथ ही है।"

भरत हार न मानता, "इन तमाम बिखरावों के बीच वह हमारा अकेला सीमेंटिंग फैक्टर है, मिथ ही क्यों न हो। डूबते को तिनके का सहारा! महल की अटारी पर जलते दीये की रोशनी से ताप और ऊर्जा ग्रहण करने वाले जाड़े की उस कँपकँपाती रात में जलाशय में खड़े उस ग़रीब आदमी की तरह फिर...।"

"क्या फिर?"

"हमारे पास एक अदद अहमदपुरा तो है, जहाँ से एन्थ्रोपोलोजी की कितनी कोपलें फूटी हैं। ज़रा सोचो, इन मुसलमान जोगियों को भी कहाँ जगह मिली तो इसी अहमदपुरा जैसी जगह में। हमारे परशुराम कुतबन वहीं से आते हैं और क्या ढब है हमारे कुतबन के कन्धे पर फरसा, आँखें लाल, चेहरा तेजस्वी, मानो सीधे भगवान परशुराम लौट आये हों फिर से।"

वाक़ई अहमदपुरा की रामलीला के इतने रंग, इतने शेड्स थे कि गिनाना भी मुश्किल। सच के इतने-इतने रंग हो सकते हैं, कोई सोच सकता है भला...!

राम का वनवास हुआ—वनवास, माने पाकिस्तान। अब भरत उन्हें लौटा लाने के लिए जाने वाले हैं वापस अयोध्या। "अगर राम न मानें तो?" कैसे नहीं मानेंगे! मानना ही पड़ेगा। सीता भी आयेंगी, वो क्या कि राम यानी अब्बास की दुल्हन सुल्ताना! इसी साल शादी होनी है। वहाँ जाने का वक़्त भी मुकर्रर हो गया है। भरत पूरे उत्साह में हैं—इस बार की रामलीला रियल

रामलीला होगी, देख लेना। बीच में कितने-कितने अवरोध हैं। पर भरत का उत्साह किसी भी अवरोध को नहीं मानता।

अन्त-अन्त तक हुआ वही। मुझे, यानी लक्ष्मण को, वीसा मिलने में दिक्क़त आने लगी।

यहीं से बिखराव शुरू हुआ। रामलीला पार्टी की लम्बी-लम्बी मीटिंगें होने लगीं। भरत दर्जन भर रामायण उठाये लिए चले आते। सूत्रधार अभी भी वही थे और अपने मूल थीम पर कायम। एक गहराती शाम, ग़ायब थे जनाब। ढूँढ़ने पर न अपने घर मिले न मेरे, न गाँव में, न नहर पर। मिले कहाँ तो वहाँ, जहाँ कोई सोच भी नहीं सकता था। उस ख़ौफ़नाक क़ब्रिस्तान में! मैंने कन्धे पर हाथ रखा तो हिचकियाँ बँध गयीं—"आय कांट हेल्प। आय कांट! भला बताओ, दूसरी बार सीताजी को प्रेग्नेंट हालत में भयानक जंगल में लक्ष्मण छोड़ आये। ओह हॉरिबल! रियली हॉरिबल। हाउ कैन ए परसन बी क्रुएल टू सच ऐन एक्सटेंट?"

"मगर यार तुम यहाँ क्या कर रहे हो? इस डरावने वीरान क़ब्रिस्तान के जंगल में?"

"मैं सीताजी के साथ हुई उस ख़ौफ़नाक नाइंसाफ़ी और उस स्थिति को समझने की कोशिश कर रहा था। यह जंगल तो उस जंगल के सामने कुछ भी नहीं। ऐंड फील द हॉरर, शी वाज प्रेगनेंट, शी वाज एलोंन, शाम गहराती जा रही थी। अग्नि परीक्षा को तो 'लीला' कहकर हमने समझा दिया था, पर ये...?"

अहमदपुरा में यह ख़बर आग की तरह फैल गयी कि 'रामलीला' फिर से लिखी जायेगी। दिन-रात बैठकें चल रही हैं। लोग नहर की पुलिया पर और इधर-उधर बैठे होते। रामलीला फिर से लिखी जायेगी, पता नहीं, कौन कटेगा, कौन बचेगा! महीनों से अपनी-अपनी पात्रता सिद्ध करने की कोशिशें हो रही थीं। 'जटायु' और 'सम्पाती' गिद्धों की तरह पंख फैलाये उचक-उचक कर चलते। 'बालि', 'सुग्रीव', 'अंगद', 'हनुमान' की बोली-बानी खराद पर चढ़ने लगी थी, सुलेमान चाचा की हरचन्द कोशिश रहती कि कैसे वे ओरिजिनल जामवन्त लगने लगेंगे फिर यह दुविधा भी कि दो पाँव पर

चलें कि चार पर! 'मेघनाद' का किरदार यूसुफ से छिन न जाये, सो उनका अट्टहास दिन-पर-दिन गम्भीर होता जाता। विभीषण का चरित्र रामदुलारे पाण्डे करते आये थे, मगर अब वे उसे छोड़ने वाले थे, राह चलते कोई उन्हें 'विभीषण' बुला लेता। 'कुम्भकर्ण' के लिए रामदीन यादव और सरताज में कड़ी प्रतिस्पर्धा थी। खेती-बाड़ी और दूसरे ज़रूरी कामों के बाद लोग आपस में वैसे भी इन्हीं बातों में रस लेते पर जोगी कुतबन का मामला सबसे निराला था, जिस दिन से उन्हें 'परशुराम' का रोल मिला था, वे बाबूजी के पास 'परशुराम' को पूरी तरह समझने, जीने के लिए बैठे रहते। एक तरह से परशुराममय होकर सारंगी छोड़कर फरसा उठा लिया था उन्होंने और शेख़ी में इठलाते चलते। जैसे ही उन्हें ज्ञात हुआ कि परशुरामजी ने जंगल काट डाले थे, उन्होंने नहर के किनारे की छोटी-सी सरपताही काट कर साफ़ कर दी। वन-विभाग वाले पकड़कर ले गये तो उससे दोगुनी सरपाती महीने भर में लगा दी, परशुराम की तरह ही माँ को घर से निकाल बाहर किया अब शायद बाबूजी के समझाने पर लौटा लायें। यह तो बड़ी आफ़त थी। मुझे 'लक्ष्मण' मान कर मुझसे लड़ने की खुजली होती रहती पर मुझे इतनी फुरसत थी कहाँ, सो मैं उन्हें दूर से प्रणाम कर किनारा कर लिया करता।

इन लड़कों को और कोई काम नहीं है क्या? गाँव के लोग अनकुसाते–हिन्दू भी, मुसलमान भी। पर रोकता कोई न।

जोगी कुतबन कन्धे पर फरसा लिए देर तक निहोरा करते रहे कि भगवान परशुराम का किरदार तो रहने देते मगर छोटकू ने उनका अनुरोध यह कहकर ख़ारिज कर दिया कि हमें ऐसे तुनकमिजाज़ एबनॉर्मल किरदारों का क्या करना, तुम्हें कोई और रोल दे देंगे, सब्र करो। इसी बिनाह पर शत्रुघ्न का रोल हमने ड्रॉप कर दिया था, जब कोई शत्रु ही नहीं तो उनकी क्या ज़रूरत। शूपर्णखा का रोल करने वाला मुमताज भी उदास होकर लौट गया–"मेरी नाक की जगह तुम लोगों ने मुझे ही काट दिया।" यही हाल हुआ रामलीला में रावण और कर्बला में यजीद के दरबार दोनों में ही नाचने वाले जमील का।

उधर राम को अयोध्या वापस लौटा लाने के मंसूबे बाँधे भरत की कोशिशों को फिर मुँह की खानी पड़ी। राम फिर नहीं लौटे उलटे वे भरत को ही

पाकिस्तान लौट आने का इसरार करने लगे, "तुम्ही लौट आओ भाई, कोई अपनों से दूर भला कब तक रह सकता है! अब तो तुम्हारी भाभी सुल्ताना, तुम्हारी सीता भी अनुरोध कर रही हैं।"

भरत ने जवाब दिया, "तुम्हीं लौट आओ भाई कोई अपनों से और अपने वतन से कब तक दूर रह सकता है? मैं सुल्ताना भाभी के क़दमों पर गिर कर उन्हें मना लूँगा।"

रात भर मान-मनौवल चलती रही पर कोई फल न निकला। अलबत्ता लौटते समय भरत से राम ने कहा, "कुछ भी हो जाये, चाहे खेत क्यों न बेचने पड़ें, रामलीला किसी भी सूरत में बन्द नहीं होनी चाहिए।" भरत ने कहा, "तुमने हमारा मान नहीं रखा भाई। न लौटे, न सही मगर मुतमइन रहो, रामलीला बन्द नहीं होगी। तब भरत राम का प्रतीक उनकी पादुका लेकर लौटे थे, अब हम तुम्हारा प्रतीक यह रामलीला लेकर लौट रहे हैं। भरत के जीते जी यह रामलीला बन्द नहीं होगी।"

उस दिन से उसकी भाव प्रवण आँखें जो नम हुईं कि फिर नहीं सूखीं। माँ की मैयत पर वैसा घिनौना हंगामा हुआ, छोटकू ने झेल लिया, छोटकू को छोड़ कर सभी पाकिस्तान चले गये, छोटकू नहीं टूटा, उसे अब भी यक़ीन था कि एक न एक दिन उसका राम ज़रूर लौट आयेगा। मगर छोटकू टूटा और वह टूटा मेरे विदेश सेवा के सेलेक्शन पर।

इस दश्त में तुम मुझसे बिछड़ जाओगे भाई,
ग़र ख़ाक भी छानूँ तो न हाथ आओगे भाई।

वह मेरे गले लगा। उसने आँखों में आँखें डालकर मुझे देखा। उसने अपने हाथों में मेरे हाथ लिए। उन पर आँसू की दो बूँदें गिरायीं। उन्हें चूमा और दूसरे दिन रामलीला का वह 'किंग पोल' जाने कहाँ चला गया।

जो रामलीला हम सब को प्राणों से प्यारी थी, जिस रामकथा का आदर्श हमारे लिए सभी दर्शनों से ऊँचा था, जहाँ राम किसी एक जाति विशेष, धर्म विशेष, क्षेत्र विशेष के नहीं थे। सारी अदावतों से परे, सारे वर्चस्ववादी विमर्शों से परे! जहाँ अयोध्या की राजगद्दी का किसी को मोह न था, न राम को राजगद्दी चाहिए न भरत को, न लक्ष्मण को, न ही और किसी को, चौदह साल तक यूँ ही पड़ी रही राजगद्दी, सारे भाई तपस्वी बने आत्म

निर्वासन झेलते रहे, त्याग और वैराग्य के उसी सत्य की रामलीला का छोटकू और हम सबने आविष्कार किया था।

पर यह क्या? इस रामलीला का सूत्रधार ही मंच से ग़ायब हो गया। राम का जाना, लक्ष्मण का जाना, सीता का जाना कोई उतना हैरान करने वाला हादसा न था, वह तो होता ही आया था पर भरत का जाना यह वाक़ई ज़बर्दस्त आघात था।

कभी सोचा था, किस मुँह से विदा लूँगा नौकरी पर जाते समय अपने भाई से मगर भाई ने इसकी मुहलत ही न दी। वह जा चुका था। कहाँ, इसका कोई सुराग भी नहीं छोड़ा उसने। सिर्फ़ चन्द सतरों का एक चिट–आत्मस्वीकृति या इलज़ाम!

"रामकथा के अन्त में लक्ष्मण अपनी भाभी सीता को छल से जंगल में छोड़कर लौट जाते हैं, इस रामकथा में लक्ष्मण अपने भरत को। यह एक अलग क़िस्म का निर्वासन है जिसे राम ने भी दिया, लक्ष्मण ने भी। राम भैया, तुम और हम सब ने एक मिशन के तहत काम शुरू किया था, मुझे अनुमान भी न था कि एक दिन ऐसा भी आयेगा कि जब तुम सब एक-एक कर मुझे जंगल में इस तरह अकेला छोड़कर चल दोगे। पहले राम गये और अब लक्ष्मण–अफ़सरी का ठाठ खींच ले गया तुम्हें।"

इसे अनसुना करते हुए अपनी सरकारी नौकरी के तहत मैं अलग-अलग देशों में भटकता रहा जैसे दूर तक फैले जल में कोई जलता हुआ जलयान गुज़रता जाये। भरत से फिर सामना न हुआ वरना उसकी तीखी नज़रों में कोई सवाल होता–ख़ुद से भाग रहे हो? मैं नज़रें मिला पाता क्या?

अहमदपुरा भी आया एक-आध बार। पर न भरत के बारे में कुछ पता चल सका न राम के बारे में। छोटकू ने जब्बार चाचा और मेरे पिता के पास जो काग़ज़ात रख छोड़े थे, उसके अनुसार उनकी ज़मीन पर एक बड़ा खेल का मैदान, स्कूल, कर्बला, ईदगाह और रामलीला का मंच और परिसर बनना था–"सँभालो अपने दोस्त की अमानत।" कहकर सौंप दिये गये मुझे सारे काग़ज़ात। लेकिन रामलीला के इस खँडहर में किससे पूछूँ कोई बात, न राम का कोई अता-पता है, न भरत का। कभी पहले सोचा करता, कैसी होती होगी अयोध्या राम के बिना उसके निवार्सन के दिनों में, अब

जब भी आता उस मंजर से सामना होता। ज़्यादातर जवान रोज़ी-रोटी की तलाश में दिल्ली-मुम्बई और दुबई पलायन कर गये थे। सूनी-सूनी गलियों में यदा-कदा टेरती जोगियों की आवाज़—

अरे राम के माई बनवाँ भेजिउ, भरत के दिहिउ राजगद्दी
बताव राम कहिया ले अइहैं...?

उदास हो जाता मन। उदासी झरती रहती पेड़ों से, छप्परों से, खोढ़रों से, खँडहरों से—तुम्हें पुकारते हुए पुकार खो गयी कहीं...मुक्तिबोध!

छोटकू की डायरी उलटते-पलटते अचानक एक पन्ने पर नज़र जम गयी—"मेरे लिए रामकथा भाई का भाई के लिए भौतिक सुखों का त्याग-वैराग्य है या फिर उन्हीं भौतिक सुखों के लिए भाई की भाई के विरुद्ध जंग। एक ही सिक्के के दो पहलू।" अरे! पता नहीं, कहाँ-कहाँ से साक्ष्य जुटा रखे थे उसने—बालि-सुग्रीव, जटायु-सम्पाती, रावण-विभीषण, महाभारत और दूसरे प्रसंग से भी जुटाये गये थे साक्ष्य। उसके अनुसार हर भाई एक ही साथ दो-दो जंग लड़ा रहा होता है—एक अपने अस्तित्व के लिए अपने भाई से, दूसरी ख़ुद से जो पहली जंग के काउंटर में लड़ी जाती है पर कुल मिलाकर हासिल कुछ होता-वोता नहीं। गुबार जमा होता रहता है, कोई चिनगारी गिरती है और सुलगने लगता है प्रान्तर। पता नहीं, कब तक, कहाँ तक...? कुछ हारे, कुछ टूटे हुए नामुराद पल...आख़िरकार सब किसी न किसी आत्महत्या की नियति के शिकार होते हैं राम भी, लक्ष्मण भी, भरत भी, शत्रुघ्न भी, सीता भी, दूसरे भी। ग्रीक ट्रेजडी या महाकाव्यात्मक ट्रेजडी!

रामलीला के इस वीरान मंच पर आज इस दर्शन के विद्रूप के सामने खड़ा हूँ—बिजूका बनकर। राम (अब्बास) ने पाकिस्तान में और भरत (अलताफ़) ने हिन्दुस्तान में मिलिटरी ज्वाइन कर ली। अलग-अलग सूचनाएँ हैं इसके मुताल्लिक मेरे पास।

सूचना नम्बर एक—जंग में राम और भरत आमने-सामने थे, दोनों ने एक-दूसरे को गोली मारी।

सूचना नम्बर दो—दोनों अलग-अलग आतंकवादी गुटों द्वारा मारे गये।

सूचना नम्बर तीन—दोनों, कहने को ज़िन्दा तो हैं मगर एक पाकिस्तान की जेल में नज़रबन्द है, दूसरा हिन्दुस्तान की जेल में।

दरार

दोनों दोस्त थे। दोनों हमउम्र। दोनों डॉक्टर बनना चाहते थे। दोनों 'नीट' की तैयारी कर रहे थे। दोनों ने इंटर अच्छे नम्बरों से पास किया था पर दोनों की पारिवारिक स्थितियों में काफ़ी अन्तर था। एक अन्तर और था—एक लड़का था, एक लड़की, सुयश और नीरा। इससे आगे एक दूजे के बारे में न जानते थे, न जानने की ज़रूरत समझते थे।

आप समझना चाहें या न चाहें, हक़ीक़तें तो अपनी जगह काँटे-सी खड़ी हो ही जाती हैं फूलों की राह रोककर।

सुयश के पिता रेलवे के वाणिज्य विभाग में प्यून थे और नीरा के पिता अफ़सर। सुयश के पिता को चतुर्थ श्रेणी के कर्मचारी का भी क्वार्टर न मिला था जबकि नीरा के पिता को एक एकड़ का फैला बंगला, साथ में सर्वेंट क्वाटर्स भी। सुयश के पिता को दो हज़ार किराये पर बाज़ार में घर लेना पड़ा था। ग़रीबी में आटा गीला। उनके बाक़ी नाते-रिश्तेदार अच्छे ओहदों पर थे। सो शास्त्री जी यानी सुयश के पिताजी ने नीरा के डैड से कहकर उनका सर्वेंट क्वार्टर का जुगाड़ किया। नीट की तैयारी के लिहाज़ से भी यह दोनों के लिए लाभप्रद रहा।

शास्त्री जी को वर्ग और वर्ण दोनों को बढ़ाना था। फिर उनके पास तीन-तीन बेटियाँ भी थीं। तीन-तीन बेटियाँ और नौकरी प्यून की! वर्ण का मान बढ़ाने के लिए उन्होंने शास्त्रियत्व का सहारा लिया—घोर कर्मकाण्डी, ज्योतिषी। कपाल पर साइन बोर्ड से टीके ताकि पहचान बनी रहे। अफ़सरों को चाय-पानी देना नौकरी में शुमार था, पर देने के बाद साबुन से तीन बार हाथ धोते। 'अभुक्त मूल नक्षत्र दोष' से लेकर 'ग्रहण' तक पर उनके विधान थे। शुभ लग्न शोधने में उनका कोई

सानी नहीं। नवरात्र में, नहीं भी नहीं तो सौ भक्तों का जाप कराते...विन्ध्याचल जाते आदि आदि।...और वर्गोत्थान के लिए...? उन्होंने सीधे-सीधे सहयोग राशि लेना शुरू किया। साहब से काम कराना है तो सहायता राशि के बिना कार्य कैसे सम्पन्न होगा? इसके न लेने में पाप है, न देने में। पर ये सारे छोटे-छोटे उपाय थे, असल था यश को कोई बड़ा कमाऊ ओहदा दिलवाना। सबसे आसान लगा मेडिकल। मगर मेडिकल का कुल ख़र्च सुनकर उनके हाथ-पाँव फूल गये—एक करोड़!

शास्त्री जी की पत्नी उदास हो गयीं, "कैसे होगा?"

"अरे होगा न!" शास्त्री जी ने पत्नी को ढाढस बँधाया और आनन-फानन में हिसाब लगाने बैठ गये।

"गाँव की ज़मीन बेच देंगे मिलेंगे बीस लाख।"

"तुम्हारे गहने...?" शास्त्री जी की शास्त्रीय सोच!

"वो तो न तुम्हारे बाप-दादों की कूबत रही, न मेरे बाप-दादों की।"

"चलो एक लाख?"

"और?"

"राशन पानी, कपड़ों-लत्तों और दीगर ख़र्चों में कटौती करके एक लाख।

"बाकी?"

"बाक़ी पण्डिताई।"

"पचहत्तर लाख जोड़ लोगे पण्डिताई से?"

"सिर्फ़ पण्डिताई से नहीं, ज्योतिष से।" उन्होंने रहस्य भरे अन्दाज़ में बताया।

"कमाई के लिए ज्योतिष से बड़ी कोई विद्या नहीं। पूजा के लिए सौ रुपये की दक्षिणा देने में जिनकी नानी मरती है, वही ज्योतिष में हज़ार-हज़ार और अनुष्ठानों में पचास-पचास हज़ार देंगे।"

पत्नी की आँखें आश्चर्य में फैल गयीं। अभी उन्हें अपनी तीन-तीन बेटियों के भविष्य पर बात करनी थी मगर पचास हज़ार की बाढ़ में सारे प्रश्न तिरोहित हो गये।

'सुयश कहाँ है?"

"कॉलेज से आने के बाद...हाँ नीरा के पास गया होगा। 'नीट' की तैयारी दोनों साथ ही करते हैं न।"

शास्त्री जी झटके से उठे। खिड़की पर गये। झिर्री से उन्होंने जो दृश्य देखा कि उनके हाथों के तोते उड़ गये। यश नीरा को चूम रहा था। पत्नी को बुलाकर झिर्री से दिखाया। उनके भी होश फाख़्ता। राम-राम सरेआम! अरे कई लोग देख रहे हैं।

"मेरा यश मिट्टी में मिला दिया तुम्हारे यश ने। पूरी कॉलोनी देख रही होगी। कल को कोई क्या कहेगा, ख़ाक ज्योतिष बतायेंगे शास्त्री जी जबकि अपने बेटे का ही पता न लगा सके कि वह एक गोभक्षिणी, सूअरखौनी लड़की का मुँह चूम रहा है।"

"क्या कहा गोभक्षिणी, सूअरखौनी...?"

"अरे वे क्रिश्चियन है न!"

सुयश की माँ लगी रोने, जैसे उसके सभी कर्मों का फल एक पल में नाश हो गया, "तुम्हीं ले आये हमें यहाँ, अब भोगो।"

उधर नीरा दीक्षा दे रही थी यश को, "सुनो, ये आर्ट, संगीत, सेक्स सभी कुछ सेक्युलर है। लव इज़ गॉड?"

लेकिन पड़ोसी? मुहल्ला? उसका उलटा ही निष्कर्ष था, "लव इज़ डॉग।" सभी किसी न किसी बहाने पण्डित और पण्डितानी से टोह लेने की कोशिश करते, "अपने लड़के पर लगाम लगाइये शास्त्री जी।" कोई कहता, "क्या सच है कि...?" कोई कहता, "पढ़ाई छुड़ाकर शादी कर डालिए।" कोई कहता, "हमारे बेटा-बेटी ऐसा करते तो काट के फेंक देते। फिर आप तो समाज के माथा हैं।"

ऐसी बातों को फैलते देर नहीं लगती। कल तक शास्त्री जी जिस बाज़ार-हाट में सिर ऊँचा करके चलते, आज लोग खिल्लियाँ उड़ाते। अनुष्ठान पूछने वाले कन्नी काटने लगे। पण्डित जी को लगा कि जल्दी ही कोई उपाय न किया गया तो सारे सपने धरे के धरे रह जायेंगे।

सो पण्डितों के दल में त्रिदिवसीय शुद्धिकरण का अनुष्ठान भजन-कीर्तन के साथ तीसरे दिन गोबर, गोमूत्र, तुलसी आदि का पान करा कर यश की शुद्धि हुई।

कहा गया, "ग्रह था, टल गया अब उधर ताकोगे भी नहीं बेटा।"

"पर मुझे मालूम भी न था कि..." मुँह पोंछते हुए यश हकलाया।

"हाँ लोगों को भरमाने के लिए हिन्दू नाम रख लेते हैं लोग।"

लोगों ने समझा, शास्त्री जी गये रसातल में। चले भी जाते, मगर यह क्या? शास्त्री जी तो आग में तपे कुन्दन-सा निखर आये थे। लोग पूछते, "क्या प्रायश्चित्त से शुद्धि सम्भव है?"

"अलबत्त सम्भव है। भूल किससे नहीं होती? बड़े-बड़े ऋषि-मुनि देवता ग़लत करते हैं, प्रायश्चित्त से शुद्ध हो जाते हैं। हम ज़िन्दगी में हज़ार पाप करते हैं, शुद्धि से शुद्ध हो लेते हैं। शास्त्र सम्मत है।"

अब शास्त्री जी का धन्धा नये सिरे से चमक उठा। प्रायश्चित्त कराने वालों की लाइन लग गयी। यह लाइन बढ़ती ही गयी। लोग पाप के भय से काँपते हुए जाते। पापमुक्त चमकता चेहरा लेकर लौटते।

दूसरी ओर नीरा का आकर्षण सुयश को फिर खींच लाया। बहुत मिन्नतें करने पर नीरा ने कहा, स्वर में तंज, "तो खा आये गोबर, पी आये गो मूत्र?"

"अरे नहीं मैं ऐसा कर सकता हूँ भला? वो तो होंठों से सटा कर हटा लिया गया। डैड के प्रिंसिपल्स का सवाल था।"

"देखो सुयश!" नीरा ने घास पर पंजे और तालू पर जीभ दबाकर कहा, "तुम तेज़ हो, जवान हो, ज़हीन हो बट कावर्ड हो, कावर्ड!, वो क्या है कि सेक्स का सेंटीमेंट बहुत तेज़ होता है, धर्म के सेंटीमेंट से भी तेज़, आस्था से भी। मगर जितनी तेज़ी से यह चढ़ता है, उतनी ही तेज़ी से दुम दबा कर बैठ भी जाता है। सेक्स सेक्युलर है, नेचुरल अर्ज है, मगर जैसे ही यश की हानि या डर चमका, ठण्डा पड़ गया, जबकि आस्था और धर्म के सेंटीमेंट के तुम 365 दिन, बारहों महीने, चौबीसों घण्टे गुलाम हो।"

कुछ रुककर बोली, "कल को तुम डॉक्टर बन भी जाओ तो तुम्हारे अन्दर का कुण्डली मारे बैठा हुआ धर्म तुम्हें मुक्त नहीं होने देगा, न सही बनारस, हरिद्वार, नासिक, मथुरा के घाट, तुम्हारा चैम्बर ही तुम्हारा घाट बना रहेगा। एक्सक्यूज़ मी, यू आर नॉट फ़िट फॉर मी।"

"रुको! रुको नीरा, माय लव, तुमने भी तो कभी बताया नहीं।" यश ने उसका रास्ता रोक लिया।

"क्या बताती?"

"यही कि तुम 'वो' हो।"

"क्या हो?"

"वो मानो वो। नाम भी तो...यही बता देतीं कि तुम बीफ और पोर्क खाती हो?"

"ये तुम मुझे डिक्टेट करोगे कि क्या करूँ, क्या न करूँ?"

दनदनाती हुई चली गयी नीरा जैसे कोई फास्ट ट्रैक की रील हो।

नीरा और सुयश की कहानी यहीं ख़त्म हो सकती थी, मगर हुई नहीं, हो गयी होती तो यह अपने क्लाइमेक्स तक कैसे पहुँचती! नीरा ने ठीक ही कहा था, सेक्स सेक्युलर है, नेचुरल अर्ज है, जितनी तेज़ी से फास्ट होता है, उतनी ही तेज़ी से रिवाइंड भी।

शास्त्री जी पत्नी के साथ विन्ध्याचल गये थे जाप करने।

नवरात्र की वह एक बरसती शाम थी। मौसम में डिप्रेशन था, कॉलोनी में ब्लैक आउट, चारों ओर नीम अँधेरा। यानी रोमांस के लिए बिल्कुल अनुकूल।

नीरा और सुयश को प्रकृति ने फिर क़रीब किया। गिले-शिकवे दूर हुए। दोनों एक-दूसरे की बाँहों में आये। अगले चरण में सुयश नीरा को चूमने के लिए ऊपर झुका। नीरा ने मुँह ऊपर उठाया तभी बिजली कौंधी। आसमान में टेढ़ी-मेढ़ी रोशनी की दरार छोड़ती चली गयी कौंध और आसमान के दोनों किनारे फट कर झूल गये। एक में नीरा थी। दूसरे में सुयश। नाली पर झुके दोनों उलटी कर रहे थे। सुयश को नीरा के होंठों पर गाय और सूअर का मांस नज़र आ रहा था, नीरा को सुयश के होंठों पर गोबर और गोमूत्र—बीभत्सता की हद तक लद्द-लद्द टपकता हुआ...। बादलों की ज़ोरों की गड़गड़ाहट! क्या पता बादल उन पर हँस रहे थे या उनकी 'ओक-ओक' को छुपा रहे थे!

छिनाल

मुहल्ला है या कबाड़खाना, आये दिन कोई न कोई हंगामा! एक रात भी चैन की नींद नसीब नहीं। मगर कमरे के अन्दर गर्मी थी, सो मैं घर के बाहर ही खाट डालकर सोया पड़ा था। मना रहा था कि बाहर कोई हंगामा न हो मगर न। शुरू हो गया। कुछ ज़्यादा ही। नींद टूट गयी और लेटे ही लेटे मैं अनुमान लगाने लगा कि माज़रा क्या है। शायद किसी लड़की-वड़की का मामला था। सहसा लगा, कोई मेरे सिरहाने खड़ा है। कौन हो सकता है? कहीं वही तो नहीं?

किसी अनजान प्रेरणावश मैंने अपनी दोनों बाँहें पीछे कीं जो उसके बदन से टकरा गयीं। कुछ ही पल बीते होंगे कि वह फुसफुसायी, "छोड़ो! कोई देख लेगा? और धीरे-से मेरे पाश से परे छिटक गयी।" एक झटके से मेरे गहराते रोमांस का अन्त हो गया।

सुबह गली में रात की चर्चा थी, "रात का वह झगड़ा उसी को लेकर हुआ था।" किसी ने कहा।

"उसके चलते जो न हो जाये, वह कम है। कातिक की कुतिया है। पक्की कुतिया! आकथू!" किसी दूसरे ने पैबन्द जोड़ा।

वह मेरी क्या लगती थी, कुछ भी तो नहीं। फिर मैं उस पर की गयी किसी ऐसी-वैसी टिप्पणी को क्यों नहीं सह पा रहा था!

रेलवे गार्ड के रूप में वह मेरी पहली पोस्टिंग थी। कुलडीही के अपने स्टेशन पर अपनी गुड्स ट्रेन को खड़ी कर मुझे चार्ज दूसरे को सौंप देना था। इससे निवृत्त होते ही मैं प्लेटफ़ॉर्म पर खड़ा था कि सहसा किसी नयी-नवेली दुल्हन ने आकर मेरे पाँव छुए। लाल साड़ी, लाल ब्लाउज़। साड़ी

पर छोटे-छोटे सफ़ेद फूल, आलता लगे पाँव, लाल नेल पॉलिश, मस्तक पर लाल टीका, होंठों पर लाल लिपिस्टिक, सिन्दूर तो ख़ैर लाल था ही, उँगलियों के पोर तक लाल!

उसकी देखा-देखी पीली धोती में एक गावदी-से युवक ने भी मेरे पाँव छुए। वह मुनिया थी और यह युवक सम्भवतः उसका दूल्हा। पास ही खड़ी मुनिया की माँ से मैंने उन्हें पहचाना।

रास्ते भर लाल साड़ी के सफ़ेद फूल झरते रहे शेफाली की तरह और मैं चुनता रहा, उसकी महक से महमहाता रहा। इतनी जल्दी इतनी बड़ी हो गयी मुनिया! बड़ी ही नहीं, सुन्दर भी! गली के एक छोर पर मुनिया का घर था, दूसरे छोर पर मेरा, सो घर आते-जाते दिख ही जाती अक्सर। देखते ही देखते, उसका फूस का झोपड़ा माटी के खपड़ैल में ढला था और वह किशोरी से नवयुवती में। अभी कल तक तो अपनी बकरी के कान पकड़कर खींचे लिए आती और आज वह विवाह कराकर बकरी की जगह पति का कान पकड़कर खींचे लिए आ गयी। माँ-बाप भट्ठी से लायी दारू बेचते हैं, वही लाती है, एक भाई है जो स्कूल जाता है। दामाद के रूप में उसकी माँ ने आज अपना घर-जमाई ढूँढ़ लिया है। चलो ठीक है। उनकी अपनी ज़िन्दगी है। मुझे इससे क्या?

उस दिन के बाद 'वह दुल्हन' फिर नहीं दिखी। एक-एक कर सारे रंग-रोगन झर गये। साल बीतते न बीतते वह साधारण साड़ी या सलवार-समीज में आ गयी थी। उसी गली से गुज़रती। गली वीरान होती तो देसी दारू की बोतलें ठनकाते हुए मेरी खिड़की के पास ठमकती। खिड़की के उस पार अपने कमरे में हवा और रोशनी की सहूलियत के लिहाज़ से मैं पढ़-लिख रहा होता, कभी-कभी वह देर तक बाहर छिपकली-सी चिपकी रहती। कभी मेरा ध्यान भंग करने के लिए बोतल खनकाती या पायल!

जानकर भी मैं अनजान बनता, "कौन...? अरे तुम! कब आयीं?"

"जब तुम पन्नों में मूड़ी गड़ाये न देखने का ढोंग कर रहे थे। तुम किताब पढ़ते हो, मैं आदमी!"

"पढ़ चुकी हो तो अब जाओ।"

"न जाऊँ तो?"

"कब तक?"

"जब तक तुम बता नहीं देते कि का ग़लती हुई हमसे।"

"मैंने कब कहा कि कोई ग़लती हुई?"

"झूठ! मेरी ओर देखते तक नहीं। का हम इतना भी नहीं समझते?"

"मैं तुम्हें उसी रूप में देखना चाहता हूँ जिस रूप में पहली बार देखा था दुल्हन के भेस में।"

"साधू महात्मा जइसे बोल रहे हो!"

"माने?"

"माने, मुँह में राम, बगल में छुरी। माने ढोंगी।"

"ग़लत।"

"ग़लत? चलो भैरो बाबा के थान पे चल कर कसम खा लो तो जानें।"

"कौन भैरो बाबा...?"

"हमरे तो ऊहे एक देवता है, जिनका आसरा है।"

"ना बाबा। मुझे तो इन सबसे दूर ही रखो।"

"तो फिर उस रात क्या कर रहे थे? कह देंगे राजाजी उस दिन की बतिया...। हमको सस्ती लड़की समझ रहे थे न?"

"अब से ग़लती नहीं होगी।"

"न मैं हूँ। सचमुच की।"

"अरे बाप। कहा न! मुझसे ग़लती हुई। कान पकड़ता हूँ।"

"सिर्फ़ कान पकड़ने से नहीं होगा। कान पकड़ के उठक-बैठक करना होगा और एक पौवा भैरो बाबा का परसाद भी।" वह भिलभिलाकर हँसी।

"जाती है कि नहीं।" मैंने हड़काया तो वह भाग गयी।

और मुनिया के भैरव बाबा।

अचानक ही एक दिन दीदार हो गया उनका।

मैं राम किंकर जी के साधु पिता के शवदाह से लौट रहा था। रास्ते में कलाली पड़ती थी वहीं....

वह काउंटर के जैकब से झगड़ रही थी। जैकब पूछ रहा था, "का हो मोदियाइन, तुम्हारी तो लगता है, चाँदी ही चाँदी है इन दिनों।'

मुनिया तिड़क उठी, "अपने काम से काम रखो। लाओ मेरा दस बोतल।"

"आज तो सिर्फ़ नौ ही मिलेंगे मुनिया रानी।"

"क्यों? बाक़ी एक कौन ले गया, तेरा जमाई?"

"देख, कल पूरे ग्यारै ले लेना।"

उसने बिल्ली की तरह झगड़ने के लिए अँगड़ाई तोड़ी। झपटने पर आमादा ही थी कि मुझे देखकर शान्त पड़ गयी, "भैया तुम....?"

"यूँ ही राम किंकर के बाबूजी के लिए श्मशान घाट आये थे।"

"मर गये साधू जी? चलो अच्छा हुआ।" उसने हाथ झाड़े। मैं उसकी अदा पर हैरान था।

"व़ो राम-राम जपने वाला साधु बाबा! उसको तो हीवेन, माने जन्नत, माने सरग मिलेगा।" जैकब ने सीने पर क्रॉस बनाया।

"नरक मिलेगा नरक, माने जहन्नुम, माने..."

"हेल।" मैंने उसके नरक और जहन्नुम का जैकब के लिए अनुवाद किया।

"हाँ वही।" मुनिया ने कहा। फिर जैकब को उसकी बातों में उलझाकर मुझसे कहा, "रुको भैया, हम भी चलते हैं।" उसने एक छोटी-सी बाटली अलग से उठा ली, पैसे दिये और पूछा, "पहली धार का है न?"

"अरे हाँ रे बाबा, पहला धार का पहले ही तेरे वास्ते अलग से रख देता। देख ठेपी ठीक से कस के बन्द करना। गिरा देगा तो और नहीं है मेरे पास।"

मुनिया ने बाटली थैले में रखी और चल पड़ी मेरे साथ।

कोलियरी की उस काली धूल में वह बड़ी शान से चल रही थी और मैं ज़मीन में धँसा जा रहा था। रेल लाइन पार कर वह ज़रा ठमकी, "दो मिनट! तनी पूजा कर लें।"

झाड़-झंखाड़ के बीच तनिक ऊँचे पर था एक पीपल का पेड़, सिन्दूर और सूत लपेटे, छोटा-सा त्रिशूल, छोटा-सा पत्थर जो उसके शिवजी या भैरो बाबा थे। फिर कुछ और पत्थर, सिन्दूर से टीके हुए। भैरो बाबा ही नहीं शिवजी, पार्वती, नन्दी, भृंगी और पता नहीं कौन-कौन-से देवी-देवता। उसने फेंटे से माचिस और धूप काठी निकालकर जलायी और पूरे भक्ति-भाव से हाथ जोड़कर पहली धार वाली बाटली को भैरो बाबा पर धीरे-धीरे उड़ेल दिया जैसे वह दारू न होकर गंगाजल हो और वह अर्घ्य दे रही हो। उसने शीशी झोले में रखकर एक-एक शिला को प्रणाम किया।

इस दूर तक फैली श्मशान भूमि में उसका कोई भैरो मन्दिर है, जहाँ उसके रक्षक देवता रहते हैं, अनुमान भी न था। इन्हीं का दावा किया करती थी रोज़-रोज़! मैं उसके अद्भुत कापालिक कृत्यों को कौतूहल से देखता रहा।

हमारे मुड़ते ही कोई कुत्ता आकर चपड़-चपड़ चाटने लगा। क्या पता, वहाँ दारू थी, दूध था या ख़ून! उसने कुत्ते को भी प्रणाम किया, शायद वह भैरो बाबा का वाहन था। एक सर्प अलस भाव से रेंगता हुआ पत्थरों पर से पार हो रहा था। मैंने उसे सावधान किया, "देखना साँप है।"

उसने सर्प को भी प्रणाम किया, "बड़े भाग से दर्शन हुए भोले बाबा के।"

दूसरे दिन वह खिड़की के उस पार आकर खड़ी हुई तो मैंने पूछा, "तुझे डर नहीं लगता?"

"न।" उसका जवाब था।

दिनोंदिन ढीठ होती गयी वह। कई बार ध्यान टूटता तो उसे खिड़की के उस पार खड़ी पाता।

उन्हीं दिनों वह रात के हंगामे वाली घटना घटी।

"मुनिया, तेरा खिड़की पर खड़ा होना ठीक नहीं है।" मैंने एक दिन उसे चेताया।

"नहीं जाती। जो करना हो कर लो। इस गली में कोई भी आ-जा सकता है और जहाँ चाहे, जब तक चाहे खड़ा रह सकता है।"

"यह तुम्हारे बाप की नहीं, राम किंकर के बाप की गली है।" मैंने उसे चिढ़ाया।

"राम किंकर का बाप गया रामजी के पास पानी भरने।"

"मुझे लिखने नहीं देगी?" मैं लाचार हो गया।

"न, पहले यह बताओ का गोंजते रहते हो?"

"इसे तुम गोंजना कहती हो?"

"तो का है?"

"कहानी।"

'कहानी, माने क़िस्सा-उस्सा...?" उसकी आँखों की तितलियाँ उड़ीं।

"एक तरह से वही समझ लो।"

"गाना-ओना नहीं?'

"नहीं।'

"तो हम पर भी एक ठो कहानी लिख दो न?"

"क्या लिखूँगा, दारू लाती है, मोहल्ले में बदनाम है।"

वह तनिक ठकरायी, पर हार मानना तो जैसे उसने सीखा ही न था, बोली, "हाँ-हाँ लिख दो। लिख दो, हियाँ डरता कौन है? लेकिन..."

उसने 'लेकिन' पर बल दिया, "यह भी लिखना कि दारू न लाये तो घर चले कैसे, यह भी लिखना कि वह दारू न लाये तो छोटे भाई को लाना पड़ेगा जो बिगड़ जायेगा। लिखना कि दारू छोड़ कर घर का खरच चलाने का कोई उपाय नहीं है। यह भी लिखना कि उसके दारू के दीवाने सभी हैं, मगर सब साधु बनते हैं। भैरो बाबा के दरबार में कभी पूछ-पूछौवल हुई तो हम सबका चिट्ठा खोल देंगे।"

"ठीक है लिख दूँगा, अब तू जा।"

"रुको, नाम का रखोगे? बताऊँ? 'छिनार'!"

मैं अवाक्! खिड़की के पार उसका मुँह देखने लगा। जब तक मैं सहज होता, उसने खिड़की में हाथ डाल कर मेरी क़लम खींच ली, "अब यह क़लम तुम्हें तभी मिलेगी जब हम पर क़िस्सा...ऊ का नाम, कहानी, लिख लोगे।"

उसके बोतलों की खनक दूर जाते-जाते धूमिल पड़ गयी।

सातवें दिन ड्यूटी से आकर खिड़की पर बैठा ही था कि उसकी कॉल-बेल माने बोतलों की खनक बज उठी, "देखो, सात दिन तुम्हें डिस्टर्ब नहीं किया अब लाओ मेरी कहानी।"

"अरे बाप। इतना बेरहम तो कोई कर्ज़खोर महाजन भी नहीं होगा। सुनो...।"

"सुन रहे हैं।"

"मुहल्लेवालियों ने सूँघ लिया है।"

"कुछ बोल रही थीं का?"

"हाँ।"

"का?"

"दिन को रहे भैया, रात को रहे सैंया!"

नथुने फड़क उठे उसके, "हम किसके साथ रहते हैं, किसके साथ सोते हैं, किसी के बाप का का? कोई पूछने तो नहीं आया कभी, कितने दिन से नहीं खाया, कैसे खरचा चलता है तुम्हारा मुनिया। और ये सतवन्ती माता माई लोग, कब्भी तो हम पूछने नहीं गये कि क्या करती हो तुम...ठहरो उनके भतारों से बोल कर उन्हें न कुटवाया तो हमरा नाम भी मुनिया नहीं।"

"बात का बतंगड़ मत बनाओ।"

"काहें नहीं बनायेंगे? किसी का दिया हुआ खाते हैं का! हर मौगी का कच्चा चिट्ठा जानते हैं, हर मौगी का। कह देना, हमसे पंगा लिया तो उनका धोती खोल के पताका बना देंगे। अभी वे मुनिया को नहीं जानतीं।"

औरों का तो नहीं, मगर उसने ख़ुद की साड़ी का पताका ज़रूर बना दिया, एक दिन मिन्नत भरे स्वर में बोली, "तुमरे घर में नहा लें भैया?"

मैं परेशान हो गया, यह तो सरासर उँगली पकड़ते-पकड़ते पहुँचा पकड़ने लगी।

"क्यों तुम्हारा घर क्या हुआ?"

"हुआँ तो पूजा हो रहा है न। अपने ही घर का बकरा काटेंगे। हम न देख पायेंगे।"

मैं सोच में पड़ गया। उसने फुसफुसाकर कहा, "भाई को साथ ले आये हैं, किसी को शक न होगा।"

घर उसके हवाले कर घण्टे भर बाद लौटा तो देखा, उसने न सिर्फ़ स्नान कर लिया था बल्कि भीगी साड़ी भी पसार दी थी आँगन में। बालों को झटकते हुए बड़ी बेफ़िक्री से बतलाया कि, "घर में जगह नहीं है, सो यहीं फैला दिया। सूख जायेगी तो ले लेंगे।"

वह चली गयी अपने भाई के साथ। साड़ी के परचम-सा लहराता रहा उसका सनसनाता एहसास। मेरी एकाग्रता को यह सनसनाहट छेड़ती रही। किसी भी काम में मन नहीं लग रहा था। जाने के पहले उसकी साड़ी की खूँट से पचास रुपए बाँध दिये।

"फाउल! फाउल!" मेरे अन्दर से आवाज़ आयी, क्या सोचकर यह नादानी कर डाली? उसका कोई माकूल जवाब न था मेरे पास। मेरे लौटने पर रात को साड़ी ले गया उसका भाई।

अगले दिन घर में बिना पूछे ही धड़धड़ाते हुए दाखिल हो गयी, अपने आँचल की खूँट से रुपये खोले और मेरी ओर बढ़ा दिये।

"क्या है यह?" मैं अनाड़ी बना रहा।

"तुम्हारे रुपये।"

"नहीं। ये तुम्हारे हैं।"

"हमारे...? तो फिर यह भी बता दो, हम कब आयें...या तुम कब आ रहे हो।"

नोट का पंखा झलते हुए वह हँस पड़ी। बड़ी मारक थी उसकी हँसी, जैसे वह मुझे खेला रही हो, "सुनो, कितने ही मर्दों के पाकिट से मैंने पैसे मारे हैं। इतनी सफ़ाई से मारती कि पता ही न चलता, जैसे हज़ार-पाँच सौ के बीच दो-तीन पत्ते निकाल लेती। उन्हें सन्देह में डाले रखती कि क्या पता इतने ही रहे हों, या कहीं और ख़र्च हो गये होंगे या गिर गये होंगे, मुनिया को लेना ही होता तो सब का सब न ले लेती!"

मैं बेवकूफ़ की तरह सुनता रहा और वह मुझे ज्ञान देती रही, "सुनो, पूरे अच्छे या पूरे ख़राब को पकड़ना आसान है, पर अच्छे में ख़राब या ख़राब में अच्छा मिला दो, कोई न पकड़ पायेगा। ...सो हम पैसे लेते रहे लेकिन तुम्हारे ये पैसे...? न, नहीं।"

"क्यों?"

"डायन भी खाती है तो सात घर छोड़कर। अभी तक तुम मेरे भैया ही हो। अभी पिछले साल तक राखी बाँधी थी न तुम्हें?"

"रख लो न। तुम्हें रुपयों की ज़रूरत है।" मैं हकलाया पर नज़रें झुकी रहीं।

"ले लेंगे मगर..."

"क्या मगर?"

"पहले रिश्ता तो साफ़ करो भैया कि सैंया। फिर आँचल पसार कर लेंगे। सलाम कर कबूल करेंगे।" ताश की तरह नोट को वह फेरती रही फिर टेबल पर रख दिया। मेरा ताश का महल भरभरा गया जितना मैंने समझा था, वह उससे आगे की चीज़ निकली।

अगले कुछ दिन वह नहीं आयी। राखी के दिन भी नहीं। यद्यपि उस दिन सुबह से ही पानी बरस रहा था। और मैं उसके घर के सामने से गुज़रा भी था। मैंने देखा, उसके आँगन में एक पीतल की तश्तरी पड़ी थी, कोई कुत्ता पानी में भीगते हुए भी कुछ खा रहा था। मुनिया और उसके परिवार के अन्य लोग कहाँ हैं, कुछ पता नहीं।

रक्षा बन्धन के दो दिन बाद गहराती साँझ को सूनी गली में अवतरित हुई, तो भी पानी बरस रहा था, एक टुटहे छाते पर पटर-पटर पड़ती बूँदों पर पलट कर देखा, "कहाँ रही इत्ते दिन भैरो बाबा की भैरवी?"

वह कुछ न बोली तो दोबारा पूछा, "इस भरी बरसात में आ कहाँ से रही हो?"

"तुम्हें इससे क्या?"

मैंने पलकें ऊपर उठायीं, "काट खाने पर क्यों आमादा हो?"

"जानते हो, हमरा बाप कौन है?"

मैं उसका मुँह ताकने लगा, "कौन?"

"राम किंकर।"

"ऐं!"

"तब माई जवान थी। उससे पैदा हुए हम। दारू पीने अक्सर आता राम किंकर, जैसे बहुत सारे पुलिसिए और गैर लोग आते हैं। फिर इधर जब हम सयाने हुए, एक दिन नशे में हमारी बाँह पकड़ी तो माई ने उसे धिक्कारा 'एक दम्मे अन्हरा गये हो, अपनी ही बेटी को...?' तो उसी दिन हम जान पाये। सो उस दिन उनकी नीयत में खोट देखकर माई ने डण्डा उठा लिया। उस दिन तो हम बच गये। मगर कब तक? एक दिन माई का डण्डा छीन कर उसने माई को धुन डाला और फिर...।"

वह तनिक रुकी। उसके भरे-भरे चेहरे पर बूँदें ढुलक रही थीं; पता नहीं कितनी बारिश की थीं, कितनी आँसू की!

उसने ओढ़नी से मुँह पोंछा फिर बोली, "खैर, वह तो जो हुआ, सो हुआ, अभी दो दिन पहले...तुम पूछ रहे थे न कि राखी के दिन भी न दिखी, कहाँ रही? सो बताएँ! राखी के दिन नहा-धोकर तश्तरी में लड्डू, रोली, अक्षत

और राखी रखकर तुमरे पास निकले थे, मगर हमरा किस्मत। बीच में जाने कहाँ से परगट हो गया शिवशंकरा...।''

''ये शिवशंकरा कौन? राम किंकर का बेटा न!''

मुनिया ने चारों तरफ़ देखा, गली अब भी सुनसान थी, बूँदें अभी भी बरस रही थीं। बोली, ''हाँ वही, उसने बाँह पकड़कर खींचा। हम बहुत रोके, लड़ गये, मगर वो तगड़ा पड़ा। उस दिन, उस समय माई-बाबू, भैया कोई न था। वैने मेरी बाँह ऐंठ दी और...। राखी की तश्तरी उठाकर नीचे फेंक दी। ढनमना गयी, कहाँ की पूजा, कहाँ की राखी! लड्डू उसका कुकुर नोच रहा था और ऊ हमको... हम हियाँइ आ रहे थे...।''

अब वह सिसक रही थी, ''बाँह मुरक गया। दस बोतल दारू तक नहीं उठा पाते अब।''

गली में किसी के आने की आहट हुई।

''तू अभी जा कल बात करेंगे।''

''कल काहे? किसी का डर लगा है का!'' उसने ओढ़नी से चेहरे को फिर पोंछा, ''हमसे बड़ा छिनार देखा कभी? गुण्डों मवालियों के बीच रहते-रहते अब डर-भय नहीं लगता हमें। कहीं भी, कभी भी आने-जाने में! साँप-बिच्छू भी सूँघ कर बगल हो जाते हैं।''

अगले दिन आयी तो मैंने पूछा, ''एक बात समझ में नहीं आयी मुनिया, जब राम किंकर ने वह सब किया, तब तो उनके बाप साधु जी ज़िन्दा रहे होंगे। वह तो हमेशा 'सीताराम सीताराम' जपा करते। उन्होंने कभी रोका-टोका नहीं?''

''वोऽऽऽ? उनके सीताराम हमही थे!''

''अरे बाप।''

''माई ही भेजती रही उनके पास। कहती, भगत है, बूढ़ा है, पुण्य ही मिलेगा। पुण्य मिला भी।...ये घर! सुनकर अजीब लगता है न कि हमरे और हमरी माई के देह पर खड़ा है यह खपड़ैल, नहीं तो था का, तुलसी का टाटी और पुआल का छप्पर जो चाहे कुत्ते की तरह घुस आये। दुरदुराते रहो। इस तरह तीन-तीन पीढ़ियों के रखैल हुए हम। हमसे बड़ा छिनार देखा है?''

वह सधे अन्दाज़ में पुरखिन-सी बोल रही थी, "अब भी हमारे लिए रिश्ते का कोई मतलब बचता है का? मोहल्ले को तो तुम जानते हो, या तो सीधे-सीधे चकलाघर बना कर बैठ जायें या ये लोग मुझे घेर कर बैठा दें, जैसे कि देवी की मूरत बैठाते हैं।" यह कहते हुए जैसे उससे कोई भूल हो गयी हो और उसने हाथ को सिर पर लगा कर माफ़ी माँगी।

"तुम्हारा मरद?"

"मरद? उसे तुम मरद कहते हो! मरद तो हमरा दारू है दारू और भैरो बाबा ही हमरे देवी-देवता, माई-बाप! जानते हो, दारू से ही अपने दामाद का परछन किया था माई ने। पीकर दिन भर ढनमनाया रहता है। रोगी जैसा पड़ा रहता है। मर भी जाता तो उससे मुक्ती मिल जाता। माने जो हमरा बाप है ऊ हमारा बाप नहीं। जो मरद है, ऊ मरद नहीं। का मज़ाक़ किये हैं भगवान हमारे साथ!"

सहसा ही उसे जैसे सन्निपात चढ़ गया, "आज ई साँझ का बेला में फैसला पाने आये हैं तुमरे पास। मेरे भैया! मेरे सैंया! तरवार का धार पर हैं हम। हमें किसी भी तरह रण्डी होने से बचा लो।" वह मेरे दोनों पाँवों को जकड़ कर गिड़गिड़ा रही थी। मैं शर्म के मारे गड़ा जा रहा था। किंकर्तव्यविमूढ़!

"हम आग से घिर गये हैं आग से, तेज़ाब डाल लें या खरोंच-खरोंच के फेंक दें पूरा मुँह, ताकि कोई देखे भी तो उसको घिन आये। हम ज़िन्दा रहना चाहते है पूरा मेहरारू बनकर, पूरा। लेकिन कोई हमको ज़िन्दा रहने देना नहीं चाहता।"

बड़ी मुश्किल से मैंने अपने आपको उसकी जकड़न से मुक्त किया। जाते-जाते वह कहती गयी, "तुम साथ दो, न दो, देख लेना या तो किसी दिन हम मार डालेंगे किसी को या ये लोग मुझे काट कर फेंक देंगे।"

ऐसे कई पल आये जब मैं निर्णय लेते-लेते बचा। एक मन कहता, उसे झाड़ू पोंछा के बहाने रख लूँ, दूसरा मन कहता, नहीं।

दोस्तों से पूछा तो कहने लगे, "पागल तो नहीं हो गया तू, वह औरत है, जवान है, सुन्दर है। पर उसके साथ उसका एक साया भी है, उसका काला अतीत। तू जितनी जल्दी वहाँ से फूट ले, उतना ही अच्छा, वरना किसी दिन किसी और का बच्चा तेरे मत्थे मढ़कर चढ़ बैठेंगी माँ और बेटी तेरे सीने पर। फिर तू न उगल पायेगा न निगल।"

दिन बीतते गये। मैं कोई निर्णय न ले सका। अन्दर ही अन्दर मैं उससे बेहद मोहासक्त था, कल्पना में न जाने कहाँ-कहाँ के कुलाबे मिलाता रहता पर व्यवहार में दुविधाग्रस्त। शायद परले दर्ज़े का मौक़ापरस्त और भीरु! वह अकेले-अकेले निबटती रही गली के कुत्तों से।

और एक दिन सचमुच ही उससे पल्ला छुड़ा कर भाग आया आसनसोल के अपने रेलवे क्वार्टर में। किसी को कानों-कान ख़बर न हुई। अपने पुराने कस्बे से जब भी मालगाड़ी लेकर गुज़रता, ठीक भैरो बाबा के थान पर मुड़कर ताकता, लगता, अभी भी खड़ी है वह अपने भैरो बाबा को दारू की पहली धार का अर्घ्य देते हुए ठीक उसी अन्दाज़ में, जिस अन्दाज़ में राम किंकर के पिता साधु जी, शिव जी को जल चढ़ाया करते। लगता, उसने मुड़कर ताका है गुज़रती मालगाड़ी को, "डरपोक कहीं का!"

"और आज! फ़ोन पर मैसेज आया, आपकी गुड्स ट्रेन कुलडीही होकर आ रही है। स्टेशन से कुछ पहले एक औरत की लाश पड़ी है। थाने का एक सिपाही उसे लेकर आयेगा, आपको अपनी केबिन में उसे ले लेना है।"

ट्रेन रुकवाकर मैंने देखा, वहाँ एक भीड़ है, लाश पटरी पर दूर तक छितराई पड़ी थी। चील-कौवे मँडरा रहे थे, कुत्ते मांस के लिए अलग छीना-झपटी मचाये हुए लड़ रहे थे। मुण्ड एक किलोमीटर दूर पर।

पुलिस का सिपाही डर के मारे काँप रहा था। मैंने आगे बढ़कर बाल पकड़ कर उठा लिया कटे मुण्ड को, मुनिया थी। मुनिया ही थी। भय, आतंक और शोक से लगा मेरी नसें फट जायेंगी। मैंने उसकी मुरझाई आँखों में देखा। सच ही कहती थी मुनिया—

बड़ी लम्बी मौत मरती हैं छिनालें। हमें आप ही जैसे लोग पैदा करते हो, आप ही जैसे लोग मारते हो। अचानक पीछे से कोई पच्च से थूकता है—"तेरी किस्मत में यही लिखा था। जा छिनार!"

वह दिन है और आज का दिन। एक विचित्र तरह की मनोदशा में जी रहा हूँ मैं। लगता है, उसके केश मेरे हाथ में हैं, कटा मुण्ड झूल रहा है, और मैं समान्तर पटरियों के बीच चला जा रहा हूँ, चलता ही जा रहा हूँ, नशे की हालत में। पहली धार का नशा!

कोकिला व्रत

"मिली?" पचहत्तर वर्ष की बुआ उत्कण्ठा में उठकर खड़ी हो गयीं। साथ ही किरपाल की आई, जुगल की ताई और दूसरी औरतें भी। ये सभी बुजुर्ग थीं, बाकी प्रौढ़ा और युवतियाँ।

"नहीं।" सत्रह साल के भतीजे गुड्डू ने जवाब दिया।

"लगता है, इस जनम में 'कोकिला व्रत' करना नहीं बदा है।"

बुआ के सामने जैसे मृत्यु साक्षात् आकर खड़ी हो गयी थी।

"घर में तो मिलने से रही।" जुगल की ताई को थोड़ा तैश आ गया।

"घर में...? क्या कहती हो ताई! अक्खी मुम्बई छान मारी। जहाँ-जहाँ बुआ को ले जाया जा सकता था, सभी जगह।"

"थाणे के पहाड़ पर एक मन्दिर है, वहाँ गये थे?"

"वो शुक्ला जी का मन्दिर? वहाँ बाघ आता है।"

"चिड़ियाखाने में ढूँढ़ा, माँ ने पूछा था? वहाँ तो मिलनी ही मिलनी थी।"

"चिड़ियाखाने ही नहीं, चिड़िया बेचने वालों से भी पूछा, वे जो लाल मुनिया, गौरैया, तोता, मैना, काकातुआ से मोर तक बेचते हैं, बोले, एक थी तो लेकिन सात दिनों पहले कोई सेठ ले गया।"

"उस मुए सेठ को भी अभी ही ले जाना था?" उदास हो गयीं बुआ।

ताई ने चिड़ियाखाने की बात को फिर उठाया, "और चिड़ियाखाना?"

"मुम्बई में चिड़ियाखाना कहाँ है, हमें नहीं पता।"

"अक्खा मुम्बई ही चिड़ियाखाना है। मुम्बई ही क्यों अक्खा देश और दुनिया भी।"

यह गुड़िया थी जिसे छोड़कर सबने व्रत रखा था। सभी हँस पड़े।

"और इस चिड़ियाखाने की तू रही एक चिड़िया, आय मीन कोकिला! मिल गयी बुआ, मिल गयी उपवास तोड़ो।" गुड़िया ने गुड्डू को मुँह बिराया, गुड्डू ने गुड़िया को। "बसन्त बीतते न बीतते आ जाता है गर्मियों का मौसम और फिर आता है कोकिला पर्व। पूरे अठारह बरस गिनने पड़ते हैं–एक-एक साल, एक-एक दिन तब जाकर आता है यह 'कोकिला व्रत...!' आता है तो महीने भर रहता है। पेड़ों के नीचे घण्टों खड़ी रहती हैं हम औरतें। पर मेरे जानते ऐसा तो कभी हुआ नहीं कि पर्व के समय कोयल दिखे ही नहीं।"

"पर ये कोयल ही क्यों बुआ?" गुड्डी ने पूछा।

"कोयल साक्षात् पार्वती स्वरूपा है बेटी। दक्ष प्रजापति ने अपने यज्ञ में सबको तो बुलाया पर अपने दामाद शिव जी को नहीं। न्योता न मिलने और पति के मना करने के बावजूद पार्वती जी पिता के घर गयीं। तभी पार्वती जी ने यह कोकिला व्रत किया था। कोयल की तरह फरियाद करती रहीं 'क्यों! क्यों! क्यों!' यानी कोयल और पार्वती एक! पार्वती के यज्ञ में जल मरने के बाद कोयल भी काली हो गयी झुलस कर। फरियाद वही! एक महीने तक व्रत के चलने का विधान है। दिन भर उपवास और शाम को कोयल की बोली सुनकर भोजन! इससे पति-पत्नी का प्यार अमर रहता है।"

"तो इसका मतलब यह हुआ कि महीने भर कोयल ढूँढ़नी पड़ेगी?"

"हाँ।"

"महीने भर बाद?"

"महीने भर बाद ब्राह्मण दम्पति को दान-दक्षिणा देकर भोजन करा कर इसका उद्यापन!"

"माने तपस्या हम करें महीने भर और दान-दक्षिणा-भोजन ब्राह्मण दम्पति को?"

"ऐसा नहीं बोलते बेटा, पाप लगता है।"

गुड्डू के भैया प्रदीप भी कोकिला-सन्धान में असफल होकर लौटे तो उन्होंने खीझ कर पूछा, "ये तो बताओ बुआ, आपको कोयल चाहिए या कोयल की बोली।"

"बेटा कोयल होगी तभी तो बोलेगी।"

"मादा या नर?"

"व्रत का नाम कोकिला व्रत है। पार्वती जी भी औरत थीं तो मादा ही ठहरी न!"

"उहूँ! पहले बताओ कैसे बोलती है आपकी कोकिला।"

"कुहू-कुहू!" एक साथ सारे विशेषज्ञों ने अपना ज्ञान पेश कर दिया। घर कुंज बन गया।

"कोयल-सी तेरी बोली...कुहू-कुहू! कुहू-कुहू" गुड्डू अनिल कपूर बन गया तो गुड़िया ने राग भोपाली—"देखो कोयलिया बोले अमवा की डाल पर।" के द्वारा गुड्डू को आम की डाल पर ही चढ़ा दिया। बुआ के चालीस वर्षीय भतीजे प्रदीप ने गम्भीर होकर कहा, "तब बुआ जी आप यह व्रत तोड़ ही दीजिए।"

"क्यों बेटा?" औरतों में खलबली मच गयी।

"अव्वल तो वह सुरीली बोली नर कोयल माने कोकिल की होती है, मादा कोकिल, माने कोकिला की नहीं। पार्वती वाली कथा में भी अनेक झोल हैं। थोपी गयी अज्ञानता को कब से ढोए जा रहे हैं हम। कथा गढ़ने में हमें कोई नहीं मात दे सकता। क्या कथा है! पार्वती जल मरी और पार्वती स्वरूपा माने गौरी कोयल आज भी पिता से पूछे जा रही है क्यों-क्यों-क्यों? मगर बुआजी यह 'क्यों-क्यों' या 'कुहू-कुहू' तो कोकिल बोलता है, न कि कोकिला! अब अगर 'कोकिला' ही ग़लत हो गया तो कहाँ सार्थक रह गया कोकिला व्रत?"

महफ़िल में एकदम से सन्नाटा छा गया। कुछ पलों के बाद सन्नाटा टूटा तो महिलाएँ कचर-पचर करने लगीं। बुआ ने याचना भरे स्वर में कहा, "यह तर्क नहीं, आस्था का प्रश्न है। मेरी वर्षों से जमी आस्था को झमेले में न फँसाओ बेटे। कोकिल हो या कोकिला, वह जो भी हो, ले आओ। मेरा मतलब है, खोजो।"

"'ओहो' बुआ, तुम समझती क्यों नहीं, वह कोई प्रोफ़ेशनल गायिका नहीं जो तुम्हारी आस्था के सवाल या कथा सुनकर पिघल जाये। तुम हमारे साथ चलो। जहाँ भी मिले जहाँ भी बोले, देख-सुन कर अपने व्रत की मर्यादा को बचा लो।"

"चलो।"

गाड़ी में दादी समेत पाँच जन बैठे। ड्राइव प्रदीप कर रहे थे और गाइड कर रहे थे गुड्डू और बुआ। गुड्डू अपनी कनपटी पर बराबर दस्तक दे रहा था, "मैंने वाक़ई सुनी है कोयल की बोली। ऐसा करो पवई चलो। वहीं लेक पर बहुत सारे पक्षी आते हैं।"

पवई बीता। कोयल की बोली न सुनाई पड़ी।

अब गोरे गाँव! पेड़-पेड़ ढूँढ़ा। कोयल न मिली।

गोरे ही नहीं न जाने कितने गाँव देखे जो कहने भर को गाँव थे। वहाँ कई-कई मंज़िली इमारतें उन्हें डराने को खड़ी हो गयी थीं।

"अब कहाँ चलें बुआ?" प्रदीप ने थके स्वर में पूछा।

बुआ ख़ुद कन्फ्यूज़्ड़ थीं। कभी दायें बतातीं, कभी बायें। अठारह साल पहले कोयल की बोली उन्होंने कहाँ सुनी थी, स्मृति दगा दे रही थी। बुआ के लिए बैठी तो होगी नहीं वह कोयल अब तक! अब आगे अरब सागर था।

"रुको-रुको!" अचानक बोल पड़ीं दादी, "यहीं कहीं होनी चाहिए। यही समन्दर था तुम्हारी दादी भी थीं मेरे साथ। यहीं से लौटे थे तब वो पड़ा था।"

"समुद्र तो जहाँ-तहाँ है मुम्बई में।"

"इधर आगे था जंगल।"

"वहाँ तो बीस-बीस मंज़िलें बिल्डिंगें हैं।"

"वहीं किसी से पूछो, पता चल जायेगा।"

बुआ ने उम्मीद नहीं छोड़ी थी।

एक टावर के बूढ़े माली को बुलाकर पूछा तो वह हमें ख़ासा मूर्ख समझ बैठा, "आप लोग किसी निपट देहात से आये लगते हैं!"

"अरे भई, अब कहाँ रहे जंगल! उन्हीं जंगलों को काट कर ही तो बिल्डरों ने ये टावर्स खड़े किये हैं।" वह तनिक रुका, फिर बोला, "मगर आपको चाहिए क्या जंगल में?"

"कोयल! वो आज से व्रत शुरू हो रहा है न 'कोकिला व्रत!' " गुड्डू ने कहा।

"लेकिन यहाँ कहाँ मिलेगी कोयल?"

"बुआ कहती हैं अठारह साल पहले यहाँ के किसी जंगल में उन्होंने कोयल की बोली सुनी थी।"

आसपास के कुछ एक सक्योरिटी गार्ड वग़ैरह आ जुटे। हमारी स्थिति पर सभी को तरस आ रहा था। कुछ तो हमारी मूर्खता पर मुस्करा भी रहे थे।

"जलाल चाचा को बुला लाओ।" एक ने कहा। जलाल चाचा! अस्सी को छूती उमर। थोड़ी देर तक सुनते रहे, सहलाते रहे अपनी सफ़ेद दाढ़ी। फिर बोले, "आपकी बुआ ग़लत नहीं है।"

"माने?"

"माने यहाँ हुआ करती होगी कोयल।"

"होगी माने"?

"मैं तब यहाँ गार्ड था। जंगल और दीगर पेड़ों को काटकर झुग्गियों को उजाड़कर ये टावर खड़े हो रहे थे। मेरे देखते-देखते बचे-खुचे हरे जंगल कटते गये, कंक्रीट के जंगल आबाद होते गये। अब यहाँ लोग देर रात दफ़्तरों से लौटते। देर तक सोते हैं। एक दिन रात 3-4 बजे कोई कोयल उधर वाले टावर पर आकर बोलने लगी। नींद में खलल पड़ी, सो वहाँ लोगों ने भगाया। वहाँ से भागी तो इस टावर पर आकर बोलने लगी। यहाँ से भगायी गयी तो उड़ गयी।"

यह वाक़या दूसरे दिन भी हुआ तो मैंने खुद देखा वह जहाँ-तहाँ टकरा रही थी।

"वो टावर बन रहा था। जहाँ-तहाँ रॉड-वॉड, जहाँ-तहाँ बिजली के तार! कभी फड़फड़ाती हुई उधर, कभी टकराकर इधर, बीच-बीच में कूक—कहाँ-कहाँ! करण्ट खाकर मर गयी। मर गयी या खुदक़ुशी कर ली जो भी मानो। मुमकिन है, यहीं कहीं उसका पुराना आशियाना रहा हो।" जलाल की आवाज़ भारी हो रही थी, "वह इस इलाके की आख़िरी कोयल थी। उसके बाद फिर कभी किसी कोयल को हमने कूकते नहीं सुना यहाँ।"

"कैसे पत्थर दिल हैं यहाँ के लोग मियाँ जिन्हें कोयल की बोली भी नहीं सुहाती!" किरपाल की आई ने कहा।

"वो क्या है न बहिणी, देर रात थके माँदे आते हैं लोग। सोयें या कोयल की बोली सुनें! अगले दिन फिर काम पर जाना है। शायरी नहीं

करनी।'' उदास बुआ को लेकर गाड़ी आगे बढ़ी। जिधर भी जाओ राह रोककर खड़ी ठट्ठ की ठट्ठ वही ऊँची-ऊँची बिल्डिंगें और उनके बीच से लाखों गाड़ियों, ट्रेनों, यान-वाहनों का हुजूम। आख़िर में वे 'हीरानन्दानी' भी गये जहाँ उनकी उम्मीदों की आख़िरी कोयल बसती थी। पर कहाँ! जलाल की उस आख़िरी कोयल की तरह हर टावर से टकरा-टकरा कर घायल हो गयी बुआ की नज़र।

''घर'' चलें बुआ?'', प्रदीप ने पूछा, ''शाम होने वाली है।''

''घर?'' बुआ की आवाज़ कैसी तो भखरा गयी थी, ''उसे तुम घर कहते हो? वो पिंज़रा है पिंजरा। कंक्रीट के पेड़ पर लटका हुआ एक पिंजरा। उस पिंजरे में कोयल या सुग्गे की तरह क़ैद हो तुम सब। रही शाम की बात तो मेरी ज़िन्दगी की शाम हो चुकी अब और किस शाम से डरा कर उस पिंजरे में टाँगने की तसल्ली दे रहे हो तुम?''

''त्रिशंकु!'' गुड्डू बर्राया—''न तू जमीं के लिए है, न आसमाँ के लिए, तेरा वजूद है अब सिर्फ़ दास्ताँ के लिए।'' गुड़िया ने पुराया।

घर हो या पिंजरा, जैसे-तैसे उन्हें मना कर ले आया गया फ्लैट में। पूड़ी-खीर, सब्ज़ी, फल-वल की थाल सजा कर उनके सामने कर दिया गया। बाक़ी औरतों के भी।

''मैं सिर्फ़ फल लूँगी। मेरा व्रत अधूरा है।''

''नहीं बुआ जी नहीं।'' नारद मुनि की तरह ऐन वक़्त पर प्रकट हो गये पण्डित जी, ''आप ख़ुशी-ख़ुशी उपवास तोड़ सकती हैं बुआ जी।''

''मगर कोयल, कोयल की बोली...और माटी का दीया...!''

''सारा इन्तज़ाम हो गया है। वही नहीं, और भी बहुत कुछ। आपकी तपस्या का ही फल है कि टावर के बिल्डर्स की ओर से ग्यारह हज़ार रुपये भी आये हैं कोकिला व्रत अनुष्ठान के लिए।''

बुआ तनिक अचकचायी तो पण्डित जी ने स्पष्ट किया, ''कोयलिया उन्हीं के बिजली के तार से करण्ट खाकर मरी थी न!''

''उन्हें याद था?''

''वो जलाल मियाँ ने बताया न!''

''बड़े धर्मप्राण लोग हैं!'' सबकी आँखें विस्मय और प्रशंसा से फैल गयीं।

“अरे उन्हीं जैसे धर्मात्माओं के ऊपर ही तो देश टिका है। वो तो कहिए कि टाइम न था, नहीं तो सोने की कोयल बनवाकर बाकायदा कोई बड़ा अनुष्ठान करते।”

“सोने की कोयल!” गुड़िया ने टोका, “पर मैंने तो अभी तक असली कोयल भी नहीं देखी। पहचानेंगे कैसे?”

जुगल की ताई ने धीरे-से कहा, “कौआ देखी है न? बस वही समझ लो।”

हाईटेक पण्डित जी ने लैपटॉप पर कोकिलाओं की फ़ैशन परेड लगा दी। सारी आँखें झुक आयीं जैसे वे कोकिला दर्शन से अपना जीवन सफल कर रहे हों।

पण्डित जी ने ग्यारह हज़ार रुपयों का पैकेट थमाते हुए एक और राज़ की बात बतायी, “अब जलाल मियाँ तो मियाँ ठहरे लेकिन उनको भी आपके इस व्रत ने हमारे रँग में रँग दिया। यह कम बड़ी जीत है।”

गुड्डू भागा-भागा आ रहा था। बोला, “सबसे बड़ी जीत तो बाहर खड़ी है—वो मीडिया वाले। बड़ी से बड़ी घटना-दुर्घटना पर भी नहीं आते वे, आपके कोकिला व्रत को कवर करने आये हैं। आप लोग अपने-अपने लुक पर ध्यान रखना।”

थोड़ी देर में सारा इन्तज़ाम पूरा हो चुका था।

छोटे से पिंजरे के अन्दर से प्लास्टिक की कोयल झाँक रही थी।

लैपटॉप में आभासीय प्रदीप झिलमिला रहे थे।

कोकिल, कोकिला के फ़र्क़ का सवाल उठाना फ़िज़ूल है। यह हमारी आस्था का मामला है। लैपटॉप की कोकिला और रिंगटोन के कोकिल की आवाज़!

सवाल ज्ञान और तर्क का नहीं, आस्था का है। मीडिया पूरी निष्ठा से इस महत्त्वपूर्ण समाचार को कवर कर रहा था।

इस तरह इस आस्थावान धर्म प्राण देश में यह कोकिला व्रत सम्पन्न हो रहा था...माने बूँदी का एक और नकली क़िला फतह किया जा रहा था। सबसे चाँड़ थी मोबाइल के रिंग टोन के पंचम स्वर में कूकते कोयल की टेर, मानो, उसकी आत्मा ही फट कर बाहर आने को हो—‘कुहू-कुहू, कुहू-कुहू!’

तोता पण्डित

ज़ोरावर सिंह का दिमाग़ एकबारगी ख़ाली हो गया। डी-वाई. एस.पी. के रूप में यह उनका पहला छापा था और पहला ही फुस्स! शहर के बदनाम गुण्डे कमाल को दबोचने आये थे। इनफॉर्मर-विनफॉर्मर, रेकी-वेकी, लाव-लश्कर हर तरह से चाक-चौबन्द मगर पूरा घर फाँका। पुलिस के सिपाहियों के बूटों की खट-खट और एक परिन्दे की 'टें-टें' के सिवा कुछ नहीं।

"ये कौन बोल रहा है—कमाल?" जोरावर सिंह की भौंहें सिकुड़ीं।

"कमाल तो फुर्र हो गया हुज़ूर," पड़ोस के दर्ज़ी शुभान मियाँ ने कहा, "यह तो कमाल का तोता है मिट्ठू मियाँ।"

"अकेले रहता था कमाल? बीवी-वीबी, बच्चे-वच्चे...?"

"अब हुज़ूर ऐसे लोगों की क्या तो बीवी और क्या तो बच्चे! जब ज़रूरत पड़ी उठवा ली, मन भर गया छोड़ दी।"

"हूँऽऽऽ! तो फिर ये तोता कहाँ से आ टपका?"

"हुज़ूर ये तोता तो उसकी रखैल रण्डी हुस्नाबाई का है। किसी सेठ की ऐशगाह में जाने लगी तो नज़राना देती गयी कमाल को।"

हवलदार दीन मुहम्मद ने ख़ैरख़्वाही जताते हुए पिंजरे के पास जाकर ख़ालिश लखनवी अन्दाज़ में आदाब बजायी, "आदाब अर्ज है मिट्ठू मियाँ!"

"दुत्त साला!" गोली दगी या बोली!

यह तो वैसे ही हुआ कि आप किसी को माला पहनाने चलें और वह आपको थप्पड़ रसीद कर दे।

दीन मुहम्मद अप्रतिभ हुए।

"कुछ पता चला? क्या कहता है कमाल का तोता?" जोरावर सिंह ने पूछा।

"हुजूर यह तो गाली बकता है।" हवलदार ने झेंपते हुए कहा।

"उस साले कमाल ने इस हरामी को आसाम की ख़ालिश मिर्ची खिलाई है। अब रण्डी और गुण्डे के पास रहकर यह सीखता भी क्या हुजूर!" शुभान मियाँ ने कहा।

सिंह को कौतुक सूझा, पिंजरे के पास गये, पूछा, "क्यों बे, कहाँ गया कमाल?"

जवाब में तोते ने 'टें-टें' करते हुए कुछ कहा जिसे दीन मुहम्मद ने साफ़ करके बताया—"चुप बे हरामी के पिल्ले!"

यह सुनते ही सिंह साहब के दिमाग़ का पारा ब्वाइलिंग प्वाइंट पर जा चढ़ा, "इसी साले को ले चलो।"

सो जनाब, इस तरह मिट्ठू मियाँ अशदपुर थाने लाये गये।

साहब का मूड एकदम से उखड़ गया था। इस उखड़े मूड को ठीक करने के लिए किसी विलायती शराब की दुकान से 'जानीवॉकर' आया।

साहब एक घूँट भरते और पिंजरे को एक लात मारते, एक लात मारते और एक घूँट भरते।

मिट्ठू मियाँ हर वार पर "अबे साले!" या इससे भी फोहस गाली बकते। उन्हें छड़ी से कोंचा गया। पानी-वानी डाला गया। मिट्ठू मियाँ की गालियाँ बढ़ती गयीं और साहब का पारा भी।

आख़िर उन्होंने हुक्म दिया, "इस हरामी मिट्ठू मियाँ का एफ. आई. आर. लिखो।"

"जी ऽऽऽ?" दीन मुहम्मद ने हकलाते हुए पूछा।

"सुना नहीं? एफ. आई. आर!"

घोड़े की पछाड़ी और अफ़सर की अगाड़ी नहीं पड़ना चाहिए। एफ. आई. आर. लिखी गयी।

फ़ोनो-फ़ोन दूर-दूर तक ख़बर फैल गयी।

एस. पी. साहब पहले तो देर तक हँसते रहे फिर बोले—

“आपका सिर तो नहीं फिर गया मिस्टर सिंह। तोते पर एफ. आई. आर.!” अगर कहीं ऊपर वालों को ख़बर हो गयी कि आपने न सिर्फ़ तोते पर एफ. आई. आर. किया है, बल्कि उस पर टॉर्चर किये जा रहे हैं तो जानते हैं क्या होगा, तोता होगा पिंजरे के बाहर और आप होंगे पिंजरे के अन्दर!”

सिंह साहब का नशा हिरन हो गया, फ़ौरन सरेण्डर कर गये–“छोड़ दे रहे हैं सर।”

“यह नेक काम तो आपको पहले करना चाहिए था महात्मन्, अब तो बात फैल गयी है। कोई भी आला अफ़सर पूछेगा, कहाँ है वो आपका अभियुक्त, माने करामाती तोता, आप क्या जवाब देंगे?”

एस. पी. साहब ने आख़िर में कहा, “छोड़ने की बात तो भूल ही जाइए मिस्टर सिंह। अब तो उच्चतम मान की सुरक्षा का प्रबन्ध कीजिए, तोते को कुछ हो न जाये।”

जोरावर सिंह को नया बोधिसत्व प्राप्त हुआ कि नशा बुरी चीज़ है, चाहे वो दारू की हो या पोज़ीशन की। ख़ुद पर लाख लाख लानतें भेज रहे थे, ग़ुस्से में क्या ग़लती कर बैठे! अब इस हरामज़ादे को ‘जेडसुरक्षा’ प्रदान करनी पड़ेगी। दामाद की तरह रखना पड़ेगा। कौन उठायेगा नाज-नखरे इसके? कौन करेगा देख-रेख इस मरदूद की? कहीं मर-मरा गया तो गयी नौकरी। दरोगा सुल्तान अहमद जी से पूछा, “कौन कर सकता है इसकी हिफ़ाजत?”

ऐसा कठिन सवाल अहमद के सामने कभी आया न था। अभी वे इसका हल सोच ही रहे थे कि द्वारपाल के रूप में खड़े होम गार्ड सनातन मिश्रा ने कहा, “हुजूर अपने पण्डित जी रामपियारे महाराज!”

“क्या?” मिस्टर सिंह की आँखें सिकुड़ीं।

“सर, पुलिस के सिपाही बनने के पहले तोता ही तो पालते थे।” वहाँ उपस्थित सभी सिपाहियों ने मिश्रा का समर्थन किया, कारण, यह बात सबको मालूम थी कि पण्डित रामपियारे महाराज सिपाही बनने से पहले ज्योतिषाचार्य हुआ करते थे और कपाल पर राम नाम छाप कर और रामनामी ओढ़ कर चबूतरे पर तोते से सगुन विचारने का काम करते थे। कई सिपाहियों और छोटे-मोटे अफ़सरों ने भी उनकी सेवाएँ

ली थीं। कचहरी के ऐन सामने वे एक चबूतरे पर बैठते। उनके सामने पिंजरे में एक तोता होता और पिंजरे के सामने लिफ़ाफ़ों में छपा हुआ भाग्य फल। भाग्य जानने वाला पैसा देता, पण्डित जी पिंजरे का द्वार खोल देते। तोता पिंजरे से निकलकर कोई लिफ़ाफ़ा खींच कर वापस पिंजरे में लौट जाता।

कुछ एक मामलों में तोते की भविष्यवाणी ग़लत निकली तो उनके श्वसुर, जो किसी आला अफ़सर के घर पूजा-पाठ करते थे, ने उन्हें पुलिस की नौकरी दिलवा दी। मामला वहाँ भी इतना आसान न था। भर्ती में एक दौड़ दौड़नी थी। अब रामपियारे ठहरे चबूतरे पर बैठने वाले जीव, कभी दौड़े होते तो दौड़ पाते। पर जैसा कि होता आया है, नियुक्ति रामपियारे जी की ही हुई। कई कैंडिडेट कुरमुराये—यह तो सरासर धाँधली है मगर कुरमुराने वालों में अन्त-अन्त तक एक ही जवान टिका रहा सनातन मिश्रा! सो सनातन मिश्रा का मुँह बन्द करने के लिए उसे होमगार्ड में रख लिया गया।

जैसा कि होता आया है, हर थाने के अन्दर एक मन्दिर होता है। अमूमन वह माँ काली या हनुमान जी का हुआ करता है। यहाँ भी था। पुलिस के सिपाही से लेकर चोर-उचक्के तक अपनी यात्रा सफल होने की मिन्नत और मनौती करने के बाद ही प्रस्थान करते थे सो यहाँ भी पण्डित रामपियारे का असल काम था पूजा करना। किसी रेड-वेड या छापे-वापे में उन्हें ड्यूटी तभी दी जाती, जब कोई छुट्टी पर गया होता। पूजा-वूजा पूरी करते-करते दोपहर हो जाती, तब उनका थाने में पदार्पण होता। बड़े बाबू, छोटे बाबू, मुंशी, हवलदार सभी को प्रसाद और आशीर्वाद प्रदान कर लंच के लिए रवाना करते और अन्दर स्टूल पर विराजमान होते। माने रामपियारे गेट के अन्दर होते और सनातन मिश्रा गेट के बाहर। पण्डित होने के नाते क्या बड़े, क्या छोटे, सभी उनका सम्मान करते। बस एक सनातन ही अकड़ूखाँ बना दूसरी ओर ताकता रहता। ऐसे में प्यास हो, न हो, पण्डित रामपियारे को प्यास लग जाती। बड़े प्यार से सनातन को पुकारते, “मिसिर भैया, ज़रा पानी तो पिलाना। तुम तो जानते हो, तुम्हें छोड़ किसी और के हाथ का

पानी पीते नहीं हम।" मिश्रा कुढ़ कर रह जाता, "साला बेईमान! मेरी नौकरी छीन कर राज कर रहा है। गहरी मुस्की मधुरी बानी, दगाबाज़ की यही निशानी!"

जोरावर सिंह ने पण्डित जी को बुला भेजा, "हनुमान जी के साथ इस तोते की देखभाल का ज़िम्मा भी आज से आपका। ख़याल रहे, आप दुनिया के सबसे सज्जन सिपाही हैं तो यह दुनिया का सबसे दुर्जन तोता। आपके मुँह से हमने गाली कभी सुनी नहीं और इसे गाली छोड़कर कुछ आता नहीं। यह भी याद रहे कि यह अभियुक्त है और आप सिपाही।"

पण्डित रामपियारे परम प्रसन्न हुए–

"विधि वस सुजन कुसंगति परहीं,
फणि मणि सम निज गुन आचरहीं।

"अहो भाग्य मेरा। आपका लाख-लाख धन्यवाद साहब, आपने शुकदेव मुनि की सेवा का हमें अवसर दिया।" पण्डित रामपियारे जी प्रसन्न हुए। उन्होंने पिंजरे को गंगाजल से धोया और मिट्ठू मियाँ को भी। अपने नाश्ते के लिए भिगोए चने से थोड़ा चना निकालकर धोयी हुई प्याली में रखा, साथ ही कुछ लाल मिर्चियाँ भी। एक अलग प्याली में पानी, फिर हाथ जोड़कर बोले, "अहो भाग्य मेरे शुकदेव महाराज। आप तब तक निवृत्त-विवृत्त हो लें, मैं आपके लिए कुछ और देखता हूँ।"

अपनी मीठी ज़ुबान के लिए थाने भर में मशहूर थे पण्डित जी। कहते हैं, सपने में भी भूल से किसी को अपशब्द नहीं कहा, फिर मिट्ठू मियाँ तो उनके 'शुकदेव महाराज' बन चुके थे। जब तक वे उनके लिए पका हुआ अमरूद ले आते, वे निबटान से निवृत्त हो चुके थे। अब वे अर्द्धोन्मीलित आँखों के तोताचश्म हो चुके थे। पण्डित जी ने हाथ जोड़ कर उन्हें बड़े प्यार और मनुहार से निवेदित किया, "महाराज फल ग्रहण करें।"

"दुत्त साला!" तोते ने पण्डित जी को पुराने अन्दाज़ में जवाब दिया।

पण्डित जी को ठेस लगी। सामने ही थाने की हाजत में गाँधी जी के तीन बन्दरों की तरह पकड़े गये तीन बदमाश और ऐन दरवाज़े पर उनका सनातन शत्रु सनातन मिश्रा बक ध्यान लगाये देख रहे थे। किसी तरह ख़ुद को सँभाला, "ऐसा नहीं बोलते, 'सित्ता राम' बोलो बेटा 'सित्ता राम!"

"दुत्त साला!"

हाजत के तीनों क़ैदी और सनातन ताली बजाकर हँसने लगे, "वाह बेटा! तुमने हम सभी की बेइज़्ज़ती का बदला एक साथ ले लिया।"

पण्डित जी खिसिया उठे पर धीरज न छोड़ा। अमरूद को अन्दर रखा, प्याली में पानी डाला और बाहर चले गये।

दारोगा अहमद साहब ने तंज कसा, "पण्डित जी ने मिट्ठू मियाँ से तोते को शुकदेव महाराज तो बना दिया, अब उसकी गालियाँ छुड़वा दें तो उन्हें उस्ताद मान लें।"

उधर तोते की कीर्ति दूर-दूर तक फैल रही थी। थाने के हर स्टाफ का गालियों से सत्कार करने के बाद उसने हर आगन्तुक का सत्कार उसी अन्दाज़ में करना शुरू किया। एस. पी. साहब और पुलिस के कुछ आला अफ़सर आये, उनका भी।

"सज्जन और दुर्जन की लड़ाई है। देखें कौन जीतता है।" एस. पी. साहब ने कहा, "इस तोते को न सुधार पाये तो तुम्हारी छुट्टी।"

सुबह शाम भोजन पानी देते समय पण्डित जी तोते को अपने मीठे आचरण से सुधारने का यत्न करते और तोता था कि उनकी हर कोशिश को दुत्कार देता। हाजत के क़ैदी और सनातन मिश्रा ताली बजाते और हुड़के जाते। अगला दिन आता फिर उसका अगला दिन...फिर उसका अगला दिन! हर दिन विक्रम-बेताल की कथा की पुनरावृत्ति होती। सनातन धीरे से डंक मारता–

"लगे रहो मुन्ना भाई।" पण्डित रामपियारे अगले दिन और भी मीठे अन्दाज़ में तोते को रटाते, "बोल बेटा सित्ता राम!" समय बीतता जा रहा था बल्कि बीत गया था। एस. पी. साहब का कभी भी दौरा हो सकता है।

और लीजिए आ गयी परीक्षा की घड़ी। पुलिस विभाग और अन्य विभागों के कई अफ़सरों के जूतों की धमक दूर से ही सुनाई देने लगी।। क़रीब आते ही आवाज़ें धीमी पड़ने लगीं।

"तू साला!"

"तू हरामी का पिल्ला!"

"तू..."

"तू..."

अरे यह तो अपने पण्डित जी की आवाज़ है। आज वे मुखर थे और तोता मौन। पहली बार उनके मुँह से गालियाँ बरस रही थीं। इतनी सड़ी गालियाँ तो मिट्ठू मियाँ को भी न आती होंगी।

भिड़न्त

बुद्धि न हाट बिकाय,
बुद्धि न चोर चुराय।
बुद्धि चढ़े जब सान,
चमके सकल जहान।
बुद्धि न बाँधो भैया,
नहीं तो बूड़ी नैया।

तो साहेबान! बुद्धि के मामले में कौन बड़ा है, कौन छोटा? कौन खरा है, कौन खोटा? इसका जवाब किसके पास? अजी बुद्धि के सिवा और किसके पास?

बिल्कुल ताजा वाक़या है। एक स्कूल में एक थे बुद्धिनाथ पण्डित और एक था बुद्धू प्रसाद। एक गुरु, एक चेला।

पण्डित बुद्धिनाथ सचमुच बुद्धि के नाथ। काफ़ी सन्नाम! बुद्धू से बुद्धू को बना देते अक्लवान। कैसे? घिस-घिस कर। माँज-माँज कर। पढ़ाने का ढंग भी अनूठा। बात शुरू होती कहानियों से। बात पहुँच जाती नतीजे तक। बहुत गुमान था लोगों का पण्डित जी पर। पण्डित जी को भी कम गुमान न था ख़ुद पर।

अब आइए दूसरी ओर। उनका एक नया छात्र था—गणेश। पण्डित जी की नज़र में बिल्कुल गोबर गणेश। मोटी-मोटी बातें भी नहीं समझ पाता था वह। जैसे उस दिन की बात। पण्डित बुद्धिनाथ कहानी सुना रहे थे—

एक था मदारी। मदारी के पास थीं दो चीज़ें। एक बन्दर, दूसरी बकरी। इन्हीं की सहायता से वह अपने खेल दिखाता। एक दिन वह गया मेले, ख़रीदे कुछ केले। खाने के पहले नहाने की सूझी। ढूँढ़ लिया तालाब। बगल

में थी झाड़ी। बाँध दिया बन्दर। बाँध दी बकरी। रख दिये केले। कपड़े उतारे। चला गया नहाने।

वह लौटकर आया तो केले नदारद। केले कहीं नहीं। छिलके ज़रूर थे। बकरी के सामने। उसने बन्दर को देखा। वह साधु बना बैठा था। मदारी ने कहा, ''वाह रे शेख़ सादी! उस्ताद से ही उस्तादी! अव्वल तो केले खा गया, दूजे इल्जाम बकरी पर चढ़ा गया।'' उसने मक्कार बन्दर को चार छड़ी जमायी।

कहानी ख़त्म हो गयी। पण्डित जी ने पूछा, ''बच्चो, अब तुम लोग बताओ। केले बन्दर ने खाये, बकरी ने नहीं। मदारी ने इसे कैसे जाना?'' उन्होंने सामने वाले लड़के से पूछा, "बोलो।"

वह लड़का सिर झुकाकर खड़ा हो गया। दूसरे लड़के से पूछा, "तुम?" "गिलहरी ने बताया होगा।" उस लड़के ने अनुमान लगाया। पण्डित जी ने पूछा, "यह गिलहरी कहाँ से टपक पड़ी।"

सभी लड़के हँस पड़े। आख़िर बुद्धिनाथ पण्डित ने बताया, "बकरी केले खाती तो केले के छिलके भी खा जाती। यह अक्ल तो बन्दर के पास ही है कि वह केले छील सकता है। छिलके पड़े हुए थे। ज़ाहिर हो गया कि केले किसने खाये। केले खा गया बन्दर। छिलके रख दिये बकरी के आगे। क्यों? इसलिए कि पिटे तो बेवकूफ़ बकरी पिटे। बन्दर पर शक भी न जाये।"

लड़के दंग थे। कुछ के मुँह से निकला, "इस्स!" कुछ के मुँह से निकला, "वाह!" कुछ ने अपनी अक्ल को कोसा। मगर एक लड़का इनमें अलग था। उसने न 'इस्स' कहा न 'वाह!' वह था गणेश।

पण्डित जी की त्यौरी चढ़ गयी। उन्होंने पूछा, "क्यों गोबर गणेश। कहानी समझ में नहीं आयी?"

गणेश उठकर खड़ा हो गया। बोला, "गुरुजी, कुछ आयी, कुछ नहीं आयी।"

पण्डित जी ने पूछा, "कितनी आयी, कितनी नहीं आयी?"

गणेश ने कहा, "बन्दर ने केले खाये। उसने केले के छिलके डाल दिये बकरी के आगे।"

पण्डित जी बोले, "तो...?"

गणेश ने कहा, "मगर बकरी तो छिलके खाती है। छिलके उसके सामने पड़े रहे। उसने खाये क्यों नहीं?"

पण्डित जी भन्नाकर बोले, "नहीं खाये तो नहीं खाये। तुम्हें इससे क्या?"

गणेश ने कहा, "तब तो बकरी बन्दर से ज़्यादा चालाक निकली। उसने छिलके नहीं खाये। पाप का सबूत पड़ा रहा। बन्दर की मक्कारी पकड़ी गयी। फिर बकरी बेवकूफ़ कैसे हुई?"

पण्डित जी बिगड़कर भूत। उन्होंने डाँट दिया—"बैठ जाओ बुद्धू प्रसाद।"

लड़का डर के मारे चुप। उस दिन से गणेश का नाम हो गया 'बुद्धू प्रसाद'।

यह थी बुद्धिनाथ और बुद्धू प्रसाद की पहली भिड़न्त। आगे भी भिड़न्तें होती रहीं। पण्डित जी शिष्य को डराकर चुप करा देते।

लड़के कुछ ऊँची कक्षाओं में गये। बुद्धिनाथ पण्डित को एक नेक ख़याल आया—क्यों न इन्हें कुछ कविताई-वबिताई का ज्ञान भी करा दिया जाये। फिर क्या था, उठा ली एक कहानी...

''बाणभट्ट संस्कृत के एक बड़े कवि थे। वे हर्षवर्धन के दरबार में रहते थे। बाणभट्ट एक पुस्तक लिख रहे थे—कादम्बरी। बच्चो यह संस्कृत का पहला गद्य काव्य है।''

"क्या है?" उन्होंने क्लास से पूछा।

"पहला गद्य काव्य!" बच्चों ने एक साथ कहा।

पण्डित जी ने छूटी हुई कहानी को दोबारा उठाया...

"लिखते-लिखते आयु पूरी होने को आयी, मगर कादम्बरी पूरी न हो पायी। उन्हें चिन्ता हुई कि अधूरी कादम्बरी को पूरी कौन करेगा? तब उन्होंने अपने दोनों बेटों को बुलाकर उनकी काव्य प्रतिभा की परीक्षा लेने की ठानी। परीक्षा का ढंग निराला था। सामने एक सूखी चैली रखकर दोनों बेटों से कहा—इस पर कविता लिखो।''

''बच्चो, ज़रा सोचो, सूखी चैली पर कविता...? क्या मज़ाक़ था। पर यही तो परीक्षा थी।''

बड़े ने लिखा—सूखा काठ पड़ा है आगे...

छोटे ने लिखा—विलस रहा है नीरस तरुवर आँगन में...

बाणभट्ट की समस्या हल हो गयी। उन्होंने कादम्बरी पूरी करने का अधिकार छोटे बेटे को दिया।

कहानी पूरी करने के बाद उन्होंने सदा की तरह छात्रों से सवाल किया, "बोलो बच्चो बाणभट्ट का फ़ैसला सही था या ग़लत।"

"सही।" एक को छोड़कर सभी छात्रों ने एक साथ कहा।

वह एक था गणेश। पण्डित जी की आँखें सिकुड़ गयीं। पूछा, "क्यों भई, कहानी आपकी समझ में नहीं आयी?"

गणेश ने उठकर कहा, "गुरुजी, कुछ आयी, कुछ रह गयी।"

पण्डित जी ने पूछा, "कितनी आयी, कितनी रह गयी?"

गणेश ने कहा, "वैसे तो गुरुजी काव्य के स्तर पर छोटे की कविता आकर्षक लगती है। लेकिन इस आकर्षण में एक दोष भी है—यह सच पर पर्दा डालती है।"

तिलमिला उठे पण्डित जी—"कैसे?"

गणेश ने कहा, "अगर तरुवर नीरस है तो फिर विलास कैसा?"

पण्डित जी ने पूछा, "तब क्या बड़े की रचना छोटे से अच्छी है?"

"मुझे तो ऐसा ही लगता है गुरुजी, कम से कम यह सच पर धूल तो नहीं डालती, सूखे काठ का मज़ाक़ भी नहीं उड़ाती, सीधे-सीधे कहती है—सूखा काठ पड़ा है आगे।"

"चुप रह चुप रह हाय अभागे!" पण्डित जी ने गणेश को डाँट कर चुप करा दिया। उस दिन से गणेश का नाम बुद्धू प्रसाद से भी एक क़दम आगे बढ़ गया—''सूखा काठ!''

दिन पर दिन बीतते गये। और देखते-देखते आ गया आख़िरी दिन। पण्डित बुद्धिनाथ जी उस दिन पूरी तरह तैयार होकर आये थे, बोले, ''बच्चो, यहाँ की पढ़ाई पूरी होने को आयी। तुम लोग अपने-अपने घर जाओगे। मगर कविता की भाषा में कहूँ तो...

''शिक्षा अभी अधूरी है, अभी तो लम्बी दूरी है।

जीवन में पग-पग पर परीक्षा आयेगी, क़दम-क़दम पर इम्तिहान।"

सारी क्लास उन्हें आदर से सुन रही थी। पण्डित जी ख़ुश हुए। उन्होंने फिर एक कहानी उठा ली, बोले—बहुत दिनों की बात है। कोशल के राजा कहीं जा रहे थे। संयोग देखिए कि काशी के राजा भी उसी रास्ते से आ रहे थे। एक ही समय। एक ही रास्ता। रास्ता भी सँकरा और दोनों राजा रथ पर। दोनों के रथ आमने-सामने रुक गये। अब एक रुके तो दूजा जाये। दोनों रथ साथ-साथ नहीं जा सकते थे। मगर सवाल टेढ़ा था। कौन रुके, कौन जाये? दोनों राजा! दोनों के मान का प्रश्न! कोई किसी से कम नहीं। कोई पीछे हटे तो कैसे? फिर क्या किया जाये?

राजा रथों में बैठे रहे। दोनों के सारथी बातें करने लगे। कोशल के सारथी ने कहा—''तुम ज़रा परे हट जाओ। मेरे रथ को निकल जाने दो। काशी के सारथी ने कहा, तुम्ही ज़रा पीछे हट जाओ न! मेरा रथ निकल जाये।"

समय बीतता गया। सारथी बहस करते रहे। आख़िर वे एकमत हुए। तय हुआ, जो महान हो, वह पहले जाये। दोनों सारथी अपने-अपने राजा के गुणों का बखान करने लगे। कोशल के सारथी ने कहा, "मेरे नरेश पराक्रमी हैं, प्रतापी है।"

काशी के सारथी ने कहा, "मेरे नरेश भी पराक्रमी और प्रतापी हैं।"

कोशल के सारथी ने कहा, "मेरे राजन गुणों की क़द्र करते हैं।"

काशी के सारथी ने कहा, "मेरे राजन भी।"

वह काँटे-काँटे की लड़ाई थी। फ़ैसला होता नहीं दिख रहा था। तभी कोशल के सारथी ने कहा, "मेरे महाराज मित्र से मित्र की तरह पेश आते हैं और शत्रु से शत्रु की तरह।"

काशी के सारथी ने जवाब दिया—"मेरे महाराज मित्र से तो मित्र की तरह पेश आते ही हैं। वे शत्रु से भी मित्र की तरह पेश आते हैं। वे सत्यवान हैं, क्षमाशील हैं, विनयशील हैं।"

कोशल नरेश ने सुना और गुना। उन्होंने अपने सारथी को इशारा किया। सारथी ने रथ पीछे खिसका लिया। काशी नरेश की महानता सिद्ध हो चुकी थी। वे ख़ुशी-ख़ुशी पहले प्रस्थान करने लगे।

कहानी पूरी हो चुकी थी। पण्डित बुद्धिनाथ बोले, "बच्चो, वह निर्णय सही था न?"

छात्र बोले, "बिल्कुल सही सर।"

पण्डित जी बोले, "हाँ बच्चो, मित्र को तो सभी मित्र मानते हैं, मगर बड़ा वह है जो शत्रु को भी मित्र माने।"

गणेश अभी भी भकुआया हुआ बैठा था।

पण्डित जी ने पूछा, ''क्यों सूखे काठ, कहानी समझ में नहीं आयी?''

गणेश ने कहा, "गुरुजी, कुछ आयी कुछ रह गयी।"

पण्डित जी भन्नाकर बोले, "कितनी आयी कितनी नहीं आयी।"

गणेश ने कहा, "सर, महानता वाणी से नहीं, आचरण के द्वारा प्रकट की जाती है। काशी नरेश यदि सचमुच महान होते तो वे पहले ही अपने रथ को पीछे कर लेते।"

बुद्धिनाथ पण्डित का सिर चकरा गया। वे बोले, ''तो कौन महान था?'

गणेश बोला, "सच पूछा जाये तो कोई नहीं।"

पण्डित जी ने पूछा, "फिर भी, दोनों में से एक को चुनना होगा तो?"

गणेश बोला, "तब कोशल नरेश सर। वे क़द्रदान थे। उन्होंने सत्य को स्वीकारा। उन्होंने कोई दावा भी नहीं किया।"

पण्डित बुद्धिनाथ सिर पकड़कर बैठ गये। उन्होंने कहा, "मैं हारा, तू जीता। मैं तुझे आदमी नहीं बना सका सूखे काठ।"

पण्डित जी अपना वाक्य पूरा भी नहीं कर सके कि पीछे से आ गये हेड मास्टर साहब। उन्होंने कहा, "रुकिए पण्डित जी, अपना निर्णय विद्यालय के वार्षिकोत्सव, जो सीनियर छात्रों का विदाई-समारोह भी है, तक मुल्तवी रखिए।''

और विद्यालय का विदाई समारोह!

विद्यालय परिसर खचाखच भरा था। बाहर से भी छात्र शिक्षक और अभिभावकगण आये थे। ऐसा होता क्यों न, इस बार भिड़न्त नहीं, महाभिड़न्त होनी थी, वह भी खुले मंच पर।

मंच पर एक बड़ा-सा सफ़ेद पर्दा टँगा था। पण्डित बुद्धिनाथ मिश्र मंच पर आये बोले–

''आदरणीय हेडमास्टर साहब, गण्यमान्य जन और मेरे प्रिय बच्चो, आज से काफ़ी पहले मेरे और मेरे प्रिय शिष्य गणेश के बीच बौद्धिक भिड़न्त शुरू

हुई थी। आज इस महाभिड़न्त में इसका समारोह होना है। मेरे आदरणीय हेडमास्टर साहब गणेश के पक्षकार हैं। फ़साद या विवाद कहानी को लेकर हुआ था, सो निर्णय कहानी पर ही होगा।

"आपके सामने मंच पर एक कोरा परदा है। अब इस पर एक लघु फ़िल्म प्रदर्शित होगी। इस खुले मंच पर सबको खुली छूट है, फ़िल्म देखिए और कहानी बनाइए। कहानी में न कोई दाँव है, न पेंच, सीधी, सच्ची, सरल कहानी है।"

पण्डित जी मंच से उतर गये और परदे पर फ़िल्म अवतरित हो गयी—एक जंगल है—सुहावना जंगल। एक लोमड़ी आती है। उसकी नज़र सामने के पेड़ पर पड़ती है जिस पर अंगूर की लता से अंगूर के गुच्छे लटक रहे हैं। लोमड़ी अंगूरों को पाने के लिए बार-बार उछलती है पर अंगूरों तक नहीं पहुँच पाती। अन्त में उदास होकर कहते हुए चली जाती है—अंगूर खट्टे हैं।

प्रतियोगिता शुरू हुई। एक-एक कर प्रतियोगी आते गये और उसी पुरानी कहानी को दुहराते गये—'अंगूर खट्टे हैं।'

अन्त में नाम पुकारा गया गणेश का।

पण्डित जी ने पूछा, "क्यों बेटे, यह कहानी तो तुम्हारी समझ में आ जानी चाहिए!"

जिज्ञासा चरम पर थी।

गणेश ने कहा, "कुछ आयी..."

बाक़ी वाक्य छात्रों ने पूरा किया, "और कुछ नहीं आयी।"

"कितनी आयी, कितनी नहीं आयी?" पण्डित जी ने खिन्न स्वर में पूछा।

"जहाँ तक मेरे पूर्व वक्तागण कहानी को ले आये हैं, वह सही होते हुए भी एकपक्षीय है, मुझे आज्ञा दें तो मैं इसे पूरी कर दूँ...।"

"कर दो।" भीड़ से आवाज़ आयी।

गणेश ने कहा, "वापस जाते-जाते लोमड़ी रुक जाती है, पीछे मुड़कर देखती है, पेड़ की लता से अंगूर अब भी चुनौती बने झूल रहे थे, सोचा, आज अगर मैं असफल होकर लौट जाती हूँ तो किसी के पूछने पर मुझे पहले की वही झूठी कहानी दुहरानी पड़ेगी—अंगूर खट्टे हैं। वह लौट आती

है, पुनः उसी मुकाम पर, उसी अंगूर के नीचे और पूरा दम साध कर उछाल भरती है। इस बार अंगूर का गुच्छा उसके मुँह में होता है।''

तालियों से भर गया विद्यालय परिसर।

इसके बाद हेडमास्टर साहब मंच पर आये, बोले, ''पण्डित जी और महानुभावों, लड़के को जायज सवाल करने दीजिए। ज़रूरी नहीं कि आप उनसे सहमत हों। वर्षों से आप वही कहानियाँ पढ़ाते सुनाते आ रहे हैं। कभी उलट-पलट कर जाँचा तक नहीं उनको। अगर किसी ने अँगुली उठायी तो बुरा मान गये। उनकी जिज्ञासा आग है। उस आग पर पानी न डालिए। पण्डित जी, मैंने आपकी और गणेश की बातें चुपके-चुपके सुनीं। जी हाँ, लकीर के फकीर कुछ नहीं करेंगे। करेंगे तो यही गणेश जैसे लड़के, जो उसके दास नहीं हैं। बच्चे प्रकृति की प्रत्यंचा से छूटे हुए तीर हैं, उन्हें रोकें नहीं। वे अपना रास्ता खुद बना लेंगे।'' सारी नज़रें गणेश की ओर घूम गयीं। उसकी आँखों से आँसू बह रहे थे। ...और पण्डित जी की आँखों से भी।

अपसगुनी

नाम तो अनेक थे उनके, कुछ संज्ञा, कुछ सर्वनाम, कुछ विशेषण, पर हम उन्हें अक्सर 'भीम' कहते। यह नाम उनकी भीमकाय काया के चलते उन्हें प्राप्त हुआ था। वैसे काग़ज़ातों में जो नाम दर्ज़ है, वह है सहदेव पाँडे। लम्बी-चौड़ी भारी भरकम काया। गन्दुमी रंग। बुढ़ापे की ओर बढ़ती उम्र के कारण ढीले झूलते चाम। जाड़ों को छोड़कर अक्सर नंगे बदन रहते और इस नंगे बदन पर झूलते जनेऊ में बँधी कुंजी चलते समय झूला करती। कारण, तनिक झुककर चलते और गोजी पर दोनों हाथों का बल देकर खड़े होते। स्नेहसिक्त आँखें जो धीरे-धीरे घबराई हुई आँखों में बदलती गयीं।

सहदेव पाँडे निमोछिहा थे, यानी दाढ़ी-मूँछ रहित जिससे आये दिन दाढ़ी-मूँछ घुटवाने की झंझट से उन्हें छुट्टी मिली हुई थी। वैसे अच्छा ही था। जो नाई—धोबी, कहार बड़े लोगों के बुलावे पर डर या आदरवश मुँह के बल दौड़े चले आते, उनके प्यार से बुलाने पर भी न आते। खुद ही कुएँ से बाल्टी-गगरा से पानी निकालते, खुद ही रेह से कपड़े अपने पाँव के दोनों पंजों पर पछीट-पछीट कर धोते। इससे उनकी धोती, कुर्ता, गमछा सदा-सर्वदा पीले मटमैले बने रहते।

किसी ज़माने में दस रुपयों का एक चमरौधा जूता ख़रीदा था। वे जब भी झाड़े जाते उसके मकड़जाल को भेद कर तिलचट्टे, गोजर, बिच्छू, मकड़ी आदि नाना प्रकार के जीव-जन्तु निकल भागते। फिर वे बड़े प्यार से अपने बरसों पुराने गमछे से उसे झाड़ते—जूते उनकी एक न सुनते। कुत्ते के कान की तरह ऐंठें-अकड़े रहते। उनका वे रेण्डी के तेल से सत्कार करते। इतने प्यार से कोई क्या रखेगा अपने जूतों को! बारात, जलसे-वलसे में गये भी तो

फर्लांग भर से पहले न पहनते। वैसे गाँव के अन्दर वे पौले पर चलते। काठ का यह खड़ाऊँ सुतलियों के सहारे खुद का बनाया हुआ होता। जूते-पौले की इतनी सेवा और पाँव? पाँवों में बिवाई फटी होती जिनसे ख़ून झाँकता। महीने में जिस दिन उनकी बिवाई दागी जाती, वह बैल के नाल ठोंकने जैसा दहशत भरा कर्म होता। गाँव के कुछ मज़बूत लोग उन्हें खाट पर दबाये होते, कुछ सरसों के तेल की जलती बाती से उनकी बिवाई पर जलता तेल टपकाते और तड़पते हुए सहदेव पाँडे के मुँह से फरियाद बरसती—"अरे मोरे बप्पा! आह मोरे राम...!"

किस माई बप्पा को पुकारते थे सहदेव पाँड़े? माँ-बाप तो कब के भगवान के घर जा चुके उनसे छोटा एक भाई था महातम, वह भी। महातम की दो बेटियाँ जानकी और दुलारी और एक बेटा रमाशंकर....एक-एक कर वे भी। सहदेव पाँड़े का खुद का ब्याह हुआ न था। सो अपने माटी के घरौंदे में निपट अकेले रह गये थे सहदेव पाँडे।

रमाशंकर जब तक जीवित थे, घर भरा-पूरा बना हुआ था। दोनों बहनें भी आती-जाती रहती थीं। मुझसे पाँच साल बड़े थे रमा, चरवाही के मेरे साथी। बाद में मैं चला गया बंगाल, वे चले गये बम्बई (मुम्बई), वहीं ट्रेन-एक्सीडेण्ट में जान गँवा बैठे। धीरे-धीरे सब चले गये। रह गये थोड़े से खेत, माटी का घर और चन्द आम के पेड़। गाँव में किसी ने भी उनकी सहायता न की—न पानी भरने में, न ईंधन रसोई-बरतन झाड़ू-बुहारू में, उलटे सबने उन्हें अपसगुनी मानकर तिरस्कार ही किया।

बज्जर के अपसगुनी माने जाते थे सहदेव पाँड़े। लोग कहते, घर भर को खा गये। अपसगुनी थे, तभी तो देह में हल्दी न लगी, माने, ब्याह न हुआ। उनके पौला की खट-खट सुनाई पड़ी नहीं कि लोग आतंकित हो उठते। छोटे बच्चों को लेकर घर की औरतें घरों, ओसारों में भाग जातीं। गाय-बैल, बछड़ों, भैंस-पँड़वों को यथासम्भव बोरों या गुदड़ी से ढक दिया जाता। पर पेड़ों के फलों को हम कैसे छुपाते! छप्परों पर लटकते कुम्हड़े और लौकियों को कहाँ ले जाते! खेतों की फ़सलों को कैसे ढकते!

वे जितने ही प्यार और दुलार से बोलते, हम उतने ही आशंकित होते जाते, मन ही मन मनाते कि वे जल्दी जायें। उनके आगे कोई भी ढिठौना,

टोना-टोटका काम न आता। मेरे घर के खपड़ैल पर उस बार लौकी फली थी। आकर सोंटे पर दोनों हाथ जमा कर खड़े हुए, "बोले, वाह! लौकी हो तो ऐसी! कहाँ से बीया ले आये थे। अगले साल बीया हमें भी देना।" बस क्या था रात को कोई गाय-भैंस, नीलगाय आयी या साँड़-वाँड़, सुबह लौकी की लता साफ़ हो गयी। हमारी माई ने हवा को सुनाते हुए कितनी गालियाँ दी होंगी पाँड़े को। सबने माना कि यह उनकी प्रशंसा का कमाल था। यही हाल पड़ोसी की गदराई मटर का हुआ। नज़रा गयी। कोढ़ में खाज यह कि उनका फोता (हाइड्रोसील) बुरी तरह बढ़ गया था। गाँव में जिस किसी का मन सोंधा करना होता, वह सहदेव पाँड़े के फोते का प्रसंग ले आता—उपमा, बिम्ब, प्रतीक या किसी और रूप में। पूरे इलाके में घृणा का पर्याय बन गया पाँडे का फोता। बड़े तो बड़े, छोटे लड़के तक मज़े लेते। मैं स्वयं इन शेख़चिल्लियों में शामिल होता। अब लोग इतने ढीठ हो गये थे कि उनके मुँह पर फ़ब्तियाँ कसते। गाँव के कुत्तों को छोड़कर कोई उनका संगी-साथी न था। वैसे कुछ मोर, महोख, गौरैया, कौवे, गिलहरियाँ और कभी-कभार बन्दर आदि उनके मेहमान बने रहते। गिलहरियाँ तो उनके पाँवों तक पर चढ़ जातीं। अच्छा हुआ बंगाल आकर मैं जल्द ही इस निन्दक मण्डली से बाहर निकल आया।

रमाशंकर के मरने के साथ और भी अकेले होते गये थे भीम। अब भोज-भात में भी आना-जाना छूट गया। वैसे भी गाँव में उनसे कोई बात न करता। खेत अधिया पर थे। अपने आम के पेड़ों के नीचे अकेले-अकेले बैठे रहते या फिर अपने भुतहे घर में। एक पेड़ 'खाते' (बड़े गड्ढे) के किनारे था। जिसका आम बहुत मीठा होता था। लोग इस फेरे में रहते कि कब वे हटें कि ढेले से तोड़ लें। जिस आम के प्रति इतने लालायित रहते, वही आम जब उन्होंने खुद अपने हाथ से एक छोटे बच्चे को देना चाहा, तो आम को छीन कर फेंक दिया उसकी माँ ने और बच्चे को पीटती-घसीटती हुई घर ले गयी। यह मेरे सामने की घटना थी। मैं गाँव में क़दम ही रख रहा था कि सन्न रह गया। मैंने पाँड़े को प्रणाम किया उन्होंने कोई जवाब न दिया। बुरा लगा। घर आकर माँ से पूछा तो नये रहस्य का पता चला। वह यह कि पाँड़े को न अब पूरी तरह दिखाई पड़ता है, न सुनाई।

दोपहर को उनके घर गया तो दूर से ही जाँत पीसने की आवाज़ आ रही थी। अन्दर झाँका तो देखा सहदेव पाँडे स्वयं ही जात पर जौ पीस रहे थे (उन दिनों गेहूँ आम प्रचलन में नहीं था) थोड़ी देर तक मैं खड़ा रहा फिर बिना कुछ कहे लौट आया।

मन की कसक को माँ के सामने रखा, "गाँव में इतनी औरतें है, इतने लोग, क्या वे एक अकेले पड़े बूढ़े, लाचार आदमी के लिए इतना भी नहीं कर सकते? झाड़ू-बुहारू, साफ़-सफ़ाई, ईंधन पानी....वैसे तो मुस्टण्डे बाभनों को मउनी भर-भरकर दान देंगे और यहाँ...!"

"तुम कहते तो ठीक हो, पर चूल्हा-चौका, पानी धानी, बरतन-वरतन तो हम कर दें, पिसान सान दें, ईंधन बार दें पर आगे तो उन्हें ही करना पड़ेगा। हमारा छुआ तो खायेंगे नहीं। वो तो बाभनों को ही करना पड़ेगा।"

"और उनके पट्टीदार क्या करते हैं, मर जाने पर उनकी ज़मीन-जायदाद वही तो लेंगे?"

"वे तो चाहते ही हैं कि जल्दी मरे कि सब कुछ उनका हो जाये। सेवा-सत्कार कर उनकी उम्र क्यों बढ़ाये?"

पता नहीं, मेरी माँ व अन्य ने उनकी कोई सेवा की या नहीं, पर वे मरे नहीं, अपने दुर्भाग्य को ढोते रहे। फिर वही गर्मियों के दिन थे और मैंने उन्हें एक झिलंगी खाट पर आम के पेड़ के नीचे लेटा पाया।

मैंने उन्हें प्रणाम किया और खाट के पायताने खड़ा हो गया। "जीयो बच्चा।" आश्चर्य से वे मुझे देख रहे थे, सुन रहे थे। मैंने कहा, "हमने तो सुना था आपको न सुनाई पड़ता है, न दिखाई।"

"बैठो।"

मैं झिझक रहा था। बोले, "अरे बैठो न, नज़र नहीं लगेगी।"

"नहीं, मैंने सोचा खटिया कमज़ोर है।"

"इतनी भी कमज़ोर नहीं बच्चा। जब मुझ जैसे अभागे का भार सह सकती है तो तुम क्या हो?" मैं पायताने बैठ गया तो ज़रा ठहरकर बोले, "सुनाई भी पड़ता है, दिखाई भी पड़ता है बच्चा। अब क्या करूँ, जब अपसगुनी नाम धरा ही गया तो अन्धा-बहरा बन जाना पड़ता है। मेरी तो

बोलती भी बन्द हो गयी है। गूँगा! प्रात लेइ जो नाम हमारा, निशि दिन तहि न मिले अहारा।"

मेरे सिर पर झन्न-सा बजा। वे रसा-रसा कर बोलते गये, "कुछ अच्छा लगा, बखान दिया तो असगुन हो गया, सामने पड़ गया तो यात्रा भंग, देख लिया तो नज़र लग गयी। जो भी ग़लत हुआ हमारे कारण। मेरा बियाह न हुआ, सो भी अपसगुन। एक-एक कर परिवार के लोग मरते गये, सो हमरे कारण। इतना ही महाबली होता तो रोक न लेता इतने दुर्भाग्यों को?"

सौ-सौ धिक्कार बरस रहे थे मुझ पर हम बहुत कुछ कर सकते थे उनके लिए पर हम तो उनकी दुर्दशा पर तनिक भी न पसीजे। उलटे उन्हें कलंकित करते रहे।

उठकर खड़ा हो गया मैं, "जो किया, कहा, उसे माफ़ करें। आज के दिन मैं प्रायश्चित्त करना चाहता हूँ मगर सूझ नहीं रहा है, कैसे।"

कुछ नहीं कहा पाँड़े ने, कुछ भी नहीं। मुझे ही बोलना पड़ा, "क्या मैं आपके फोते की दवा करा दूँ?"

फिर भी बोले नहीं। क्या रो रहे थे? क्या पता!

सहदेव पाँड़े का इलाज मैं चाह कर भी न करा सका। उन्हें हाइड्रोसील के साथ फाइलेरिया भी था। गाँव के झोलाछाप डॉक्टरों के वश का रोग नहीं था यह और बनारस या लखनऊ का इलाज करा पाने की अपनी कुव्वत न थी।

लौटते समय अपनी असफलता के लिए क्षमा माँगने गया तो बोले, "भाग्य में यही बदा था बच्चा तो भोगेगा कौन?"

सहदेव पाँड़े अब नहीं हैं। दो महीने पहले ही उनके अपने घर के एकान्त में उनका देहान्त हुआ। उनके मरने के दो दिन बाद गाँव वालों को पता चला। चार कन्धे भी नसीब न हुए उन्हें घाट तक पहुँचाने को। गाड़ा (गड्डा) पर लादकर ले जाया गया उन्हें। अब तक उनकी देखभाल करने वाला कोई न था पर उनके मरते ही जाने कहाँ-कहाँ से उनकी ज़मीन और बाग के दावेदार निकल आये।

रात अचानक नींद खुल गयी। लगा खट-खट पौला खटकाते सहदेव पाँड़े आकर खड़े हो गये हैं खाट के पास। गोजी पर दोनों हाथों से पूरे बदन का

बोझ डाल कर पूछ रहे हैं—"अब न गाँव में कोई निरबंसिया होगा, न किसी को नज़र लगेगी, न किसी की लौकी सुखेगी, न कटहल, न कोई अमंगल होगा, न कोई अपसगुन। अपने सारे अपसगुन, अपने सारे रोग-दोख, सारे अमंगल, अभाग और कलंक लेकर मैं चला आया न!"

सलाम!

चौदह साल पहले मैं उस बूढ़े आदमी से मिला था। गाँव के लिए वह एक अजूबा था। उसने बताया कि वह यमलोक रिटर्न है। ''कब गये थे यमलोक कब लौटे?'' मैंने पूछा था।

"उन्नीस सौ छप्पन में दुर्गा पूजा के विसर्जन के बाद गया था। बीस दिन बाद लौट आया।" उसने मिचमिचाती आँखों से मुझे देखा। "काले गये थे, गोरे होकर लौटे थे।" एक-दूसरे बूढ़े ने मज़ाक़ किया, "यह इनका दूसरा जन्म है।"

उसे बूढ़े की कहानी का सच पता करने के लिए ख़ासी छानबीन और मगजमारी करनी पड़ी। जो मिला वह आपके सामने है :

वह सन् 1956 का अक्टूबर का महीना था। किसी कारण वायुमण्डल में निम्न दाब बना तो कई दिनों तक पानी बरसता रहता है। उस बार भी वैसा ही हुआ। सात दिनों तक पानी बरसता रहा–14.5 इंच बारिश। आसनसोल शहर से चार मील पश्चिम में एक बड़ी खदान हुआ करती थी–बड़ा धेमो। उसके उत्तर में कलकत्ता जाने वाली रेल लाइन थी और दक्षिण में शेरशाह सूरी पथ था (राष्ट्रीय राजमार्ग क्र. 2)। दोनों के बीच नीचा क्षेत्र है जहाँ से एक नाला बहता था। वहाँ एक बड़ी झील बन गयी थी। धान के सारे खेत डूब गये थे। बड़ा धेमो खदान में पानी बिलबिलाकर घुसा तो अफरा-तफरी मच गयी।

हाज़िरी रजिस्टर के हिसाब से अन्दर गये कुछ लोग निकल आये थे मगर कई अभी भी लापता थे। कोलियरी के पानी को जब तक बन पड़ा पम्प के ज़रिये बाहर निकाला जाता रहा। बाद में पम्प तक पानी में डूबकर

नाकाम हो गये। कोढ़ में खाज यह कि आसनसोल-रानीगंज की खदानों में हड़ताल चल रही थी। पम्प माँगने जहाँ भी गये ख़ाली हाथ लौटना पड़ा। चारों तरफ़ चीख़-पुकार मची हुई थी।

एक-एक पल पहाड़ हुआ जा रहा था। क्या बीत रही होगी खदान में रह गये खदानियों पर! 15 अक्टूबर को 11 खदानिये लौट आये। संयोगवश उन्हें चढ़ान वाली गैलरी मिल गयी थी। उम्मीद जगी कि बाक़ी भी देर-सबेर लौट आयेंगे। मनौतियाँ मानी जाने लगीं।

एक विचित्रता और नज़र आयी। एक मज़दूर ख़ातिर मियाँ के बारे में हड़बड़ी में यह सूचना दी गयी कि उनका पता नहीं है। फिर पता चला, वे अस्पताल में हैं। तब सवाल यह उठा कि वह कौन था जो ख़ातिर मियाँ के नाम से खदान में गया था। छानबीन से पता चला कि ख़ातिर मियाँ की जगह उस दिन उनका भाई खदान में गया था। प्राइवेट कोलियरियों में उन दिनों क्या-क्या नहीं होता था। बारिश बन्द होने पर पानी कम होना शुरू हुआ। पर दुर्घटना के 18-19 दिनों बाद ही खदान में बचाव दल का जा पाना सम्भव हुआ।

रास्ते कचरे, लोहे-लक्कड़ और जहाँ-तहाँ लाशों से अटे पड़े थे। सात-सात मील लम्बी गैलरी पानी से भरी हुई थी। दो-तीन दिन बाद बचाव दल छह नम्बर के शैफ्ट तक पहुँच सका। टॉर्च और लैम्प की रोशनी में उन्होंने देखा कि पानी छत से एक फुट नीचे है। ऐसे क्षेत्र को एयरपॉकेट कहते हैं।

"अरे, कोई है? कोई भाई ज़िन्दा बचा है?"

"कोई है और कोई भाई ज़िन्दा बचा है?" की आवाज़ भुतैली प्रतिध्वनि बनकर सुरंग में गूँजती रही। कोई जवाब नहीं। पर बचाव दल ने उम्मीद न छोड़ी। थोड़ी चढ़ान पर आते ही एक दूसरी तरह की जिन्नाती आवाज़ें आने लगीं... "हम हैं! हमें बचा लो।" यह मौत के विरुद्ध ज़िन्दगी की पहली चीख़ थी।

वे ग्यारह खदानिये थे और थोड़ी ऊँची जगह पर थे। उनके दोनों तरफ़ डुबान था। पानी बढ़ता रहा घुटने, जाँघें, कमर, सीना, गला एक-एक कर डूबते गये। मौत उनके गले तक सरसरा रही थी। चारों तरफ़ पानी था और था घुप्प अँधेरा। न दिन का पता था, न रात का। सिर्फ़ प्रार्थनाएँ थीं और एक-दूसरे को ढाढस देती आवाज़ें। वे खदान का वही

पानी पी-पीकर और मेढक, मछली यहाँ तक कि साँप खाकर ज़िन्दा रहने की जद्दोजहद करते गये।

उन्नीसवें दिन आवाज़ें सुनाई देने लगीं, "कोई है? कोई ज़िन्दा बचा है?" साथ ही पानी पर रोशनी चिलकी और उन्होंने बची-खुची ताक़त लगाकर जवाब दिया, "हम हैं। हमें बचा लो।"

उन्हें कम्बल या रूई में लपेटकर सावधानी से बाहर निकालकर अस्पताल में भर्ती कराया गया। पानी में रहते हुए उन्हें त्वचा और रक्त संचालन सम्बन्धी कई बीमारियाँ हो गयी थीं।

अब जब भी मैं रेल या सड़क से वहाँ से गुज़रता हूँ, बड़ा धेमो की वह बन्द पड़ी खदान उस भयानक घटना की समाधि-सी दिखती है। अब वह 'सतइसा' नाम से जानी जाती है। बांग्ला के प्रसिद्ध लेखक शक्तिपद राजगुरु ने उस घटना पर एक उपन्यास 'केउ फेरे नाइ' (कोई वापस नहीं लौटा) लिखा था। सच्चाई यह कि 43 गुम खदानियों में से 11 खदानिये 21 दिन बाद तक जीवित रहे।

मन में कितनी ही जिज्ञासाएँ थीं—उस अँधेरे और घुटन में कैसे वे इतने दिन तक ज़िन्दा रहे? मेढक-मछली और साँप को कच्चा खाना, वह भी उस अँधेरे में...कल्पना से परे है। कितनी बार साँप ने उन्हें काटा होगा, कितनी बार उन्होंने साँप को? उनके कितने साथी साँप के काटने या दूसरे ख़तरे से मरते गये होंगे? फिर भी उन्होंने डर और मौत के आगे हार नहीं मानी।

मैं उस आदमी के पास दोबारा जाना चाहता था। उसके साहस और जीने की चाह को सलाम करना चाहता था। पूछना चाहता था, "कहाँ से बटोरी उसने वह ताक़त!" मगर वह जा चुका था अन्तिम सफ़र पर, ज़िन्दगी की जंग हारकर नहीं,..जीतकर!

वह कौन थी?

(जम्मू वि. वि. की डॉ. परमेश्वरी शर्मा को समर्पित)

कसम खाकर कहती हूँ कि वह एक कयामत की रात थी। आज भी याद करती हूँ तो सिहर-सिहर उठती हूँ, जैसे किसी साँप की जीभ सहला-सहला जाये!

जान में जान तब आयी जब बोगी के कंडक्टर ने आकर हमें बताया, "रब का शुकर मनाओ जी कि ख़तरा टल गया।"

"पर क्या वाक़ई कोई टेररिस्ट एटेम्प्ट था या सिर्फ़...?"

बहुत कुछ पूछना चाहते थे हम, मगर कंडक्टर ने हमें बोलने का मौक़ा ही न दिया, "ये टाइम बहोत ख़राब है जी, कब हक़ीक़त अफ़वाह बन जाये, कब अफ़वाह हक़ीक़त, ख़तरा तो टल गया लगता है, पर ख़तरा तो कभी भी आ सकता है जी। एहतियातन एलर्ट ही रहें तो अच्छा।"

कंपार्टमेंट की बुझी बत्तियाँ जल उठीं। लगा, हम एक लम्बी काली सुरंग से बाहर निकले हैं।

हमारी रुकी साँसें चलने लगीं। हमने अपने देवी-देवताओं को फिर से याद किया। बच गयी जान। पता नहीं, क्या-क्या हो सकता था हम पर उस रात! कुछ भी हो सकता था। कुछ भी...अगर टेररिस्ट अटैक की बात सच हुई होती! तनिक इत्मीनान की साँस लेते हुए अपने-अपने अनुभव शेयर करने लगे हम। एक से जुड़ी दूसरी कड़ी, दूसरी से जुड़ी तीसरी कड़ी, कड़ी-कड़ी जुड़ती गयी। हॉरर फ़िल्म्स, नॉवेल्स, रियल घटनाएँ ... क्या-क्या नहीं! बातों ही बातों में आतंक के किसी अनजान सिरे की तरह हाथ लग गयी भुवनेश्वर की यादगार कहानी 'भेड़िए'। कल्पना में कहानी का दिन रात में ढला, धुआँती

हुई चाँदनी रात... उस धुआँती चाँदनी में एक धब्बा बढ़ता हुआ चला आ रहा है...एक गड्डा। इस गड्डे पर ग्वालियर से तीन नटिनियों को पंजाब में बेचने के लिए लेकर आ रहा है इफ़्तिखार और उसका बाप कि तभी कुछ और धब्बे खिलते हैं। भेड़िए! पहले अपनी बन्दूक़ से भेड़ियों को मारता है इफ़्तिखार। अपने मृत साथियों को चट कर देखते ही आगे बढ़े आते हैं दूसरे भेड़िए। भेड़ियों की तादाद बढ़ती जाती है। कारतूस चुक गये हैं। कारतूसों की पोटली घर पर ही भूल आया है इफ़्तिखार। उसकी इस भूल पर खरी-खोटी सुनते हुए बाप गड्डे को हल्का करने के लिए एक-एक सामान को फेंकने को कहता है ताकि गड्डा तेज़ी से भाग सके। सामान! इसी क्रम में बारी आती है नटिनियों की...दो को तो फेंक देता है इफ़्तिखार लेकिन तीसरी को फेंकने से तनिक हिचकिचाता है। वह उससे प्यार करने लगा था। बाप डाँटता है और सोचने-विचारने का समय नहीं है। नटिनी की तरफ़ आगे बढ़ता है, नटिनी उसे डबडबायी आँखों से देखती है। ''गड़ासे के नीचे कोई धड़कती हुई बोटी-सी,'' शायद धूमिल ने कहा था।

"तुम ख़ुद, कूद जाओगी या मैं तुम्हें फेंक दूँ?" जवाब में अपनी चाँदी की नथनी उतारकर, उसके हाथों पर धरकर, डबडबाई आँखें मूँदकर, भेड़ियों के बीच कूद जाती हैं।

दरवाज़े के बगल वाली सीट पर बैठी बुर्के वाली औरत ने फिर से नकाब उलट लिए और फटी-फटी आँखों से लगी ताकने, हमें।

"हमें एक बैल को भी भेड़ियों के हवाले करना पड़ा और आख़िरकार बाप को भी...। ओह इट वाज हॉरर! सिम्पली हॉरर।"

अनायास ही भेड़ियों का हॉरर हमारे ज़ेहन में नहीं उभरा था, उसकी वजह भेड़ियों की आँखों...सी अभी भी जल रही थी। अगर वह टेरारिस्ट अटैक वाक़ई हुआ होता तो? और क्या पता फिर से ऐसी कोई बला आ जाये। हमारा ए. सी. टू टायर का टिकट कन्फर्म नहीं हुआ था और हम... मैं और क्षमा नॉन ए. सी. के थ्री टायर के कूपे में सफ़र कर रहे थे। ट्रेन जम्मू से चलने के बाद से ही रेंगने लगी थी। टी. टी. ने पूछने पर बताया कि कोई

टेरारिस्ट अटैक या सेबोटाज होने की थ्रेट मिली है। कन्फर्म नहीं है फिर भी एहतियातन आप लोग अन्दर से कूपा बन्द कर लें, जगी और चौकन्नी रहें।

बुर्के वाली औरत ने कूपा बन्द करने के साथ-साथ नकाब भी गिरा लिए, हालाँकि कूपे में हम औरतें ही थीं, मर्द नहीं।

कंडक्टर बाहर किसी को बता रहा था, ''वैसे आगे-आगे इंस्पेक्शन पायलट इंजन जा रहा है। ट्रेन की स्पीड भी धीमी ही रखी जा रही है, पैरामिलिटरी फोर्सेज़ की गश्त तो हुई है...।''

वह शायद पैसेंजर को तसल्ली देना चाहता था मगर हमारा ख़ौफ़ कम होने के बजाय बढ़ता ही जा रहा था। लगता था, कूपे को छेद कर संगीनें निकल आयेंगी। किसी भी क्षण फायरिंग हो सकती थी या ब्लास्ट! ख़ौफ़ एक खंजर की तरह खुभा आ रहा था, पीठ में। सीने में। खिड़की से। डोर से। नीचे रेंगता हुआ। ऊपर लटकता हुआ। एक दूजे की उँगलियाँ तक छू जाती तो हम चिहुँक उठते। ट्रेन की धीमी चाल हममें डर के साथ-साथ खीझ भी पैदा कर रही थी। बोगी के करंट की, ट्रेन की रफ़्तार के साथ कोई दुरभिसन्धि थी। रफ़्तार तेज़ होती तो लाइट और पंखों में जान आ जाती और धीमी होती तो दोनों धीमे पड़ जाते। जैसे ही ट्रेन रुकती या कोई खटका होता, हमारे रोएँ खड़े हो जाते—आ गये टेरारिस्ट!

बहरहाल वह सब बीत चुका और अब हम 'भेड़िए' की चर्चा में मशगूल थे।

अचानक लाइट फिर धीमी हुई, नीम अँधेरे में ऊपर से एक आवाज़ हुई—"यह कब का वाक़या होगा?"

हमने चौंककर देखा, ऊपर वाली बर्थ पर कोई औरत उठ बैठी है, अपनी बेख़याली में हमें उसका अब तक ख़याल भी न रहा, कौन है, कब से बैठी है।

"मेरा ख़याल है, यही कोई सन् उन्नीस सौ तीस-चालीस का। क्यों?"

"यूँ ही मैंनू समझा, इधर का होगा।"

"तुम तो ऐसे बोल रही हो, जैसे आये दिन घटती रहती हैं ऐसी वारदातें।"

"सच्ची समझा आपणे।" वह कभी 'न' को ण बोलती, कभी कुछ को कुछ। भाषा के साथ अनावश्यक छेड़-छाड़ करते रहने से उसकी भौगोलिकता हिचकोले खा रही थी। पहनावा शायद सलवार-कुर्ती! आवाज़ से प्रौढ़ता का

आभास हो रहा था। वैसे भी इसे पहचानने या भेद कर पाने की अपनी क़ाबिलियत पर मुझे कम ही यक़ीन रहा। लाइट के धीमी होते ही उसके पूरे वजूद पर तिलस्मी अँधेरा गहराने लगता, फिर ट्रेन के चल पड़ते ही "चेंऽऽऽ-केंऽऽऽ" की आवाज़ से मन फिर से आशंकाओं से भरने लगता।

"आपको कहाँ तक जाणा है?" उसने पूछा।

"दिल्ली।"

"दोणों को?"

मैंने क्षमा को देखा, क्षमा ने मुझे। हमें उस औरत का इस तरह बीच में कूदना अच्छा नहीं लगा। मान न मान मैं तेरा मेहमान! कमबख़्त ने कहानी का सारा मज़ा ही किरकिरा कर दिया था। ऐसे माहौल में किसी से ज़्यादा मेल-जोल बढ़ाना अच्छा नहीं होता। पता नहीं, कौन कौन हो, कौन-कौन! उससे पल्ला झाड़ने की गरज से अपने बारे में बात न कर हम फिर कहानी पर लौट आये, "तुमने भेड़िए देखे हैं?"

"आदमी देखे हैं। तुसी की जाणों आदमी की जात को! उसके मुक़ाबले क्या तो भेड़िए, क्या तो दूसरे! कितने तो खूँखार! कितने तो ज़हरीले! हम कश्मीर से आये हैं, हमसे बेहतर भला कोण जानता है!"

"कश्मीर से.... माने वैली से? लेकिन तुम्हारी ज़ुबान तो....?"

"अपणी असल बोली तो पौठवारी, माने पहाड़ी मीरपुरी हो सकती हैं भैणजी। माँ के मुँह से आज भी कभी-कभी निकल पड़ती है।" वह अब सँभल-सँभलकर बोल रही थी। हमारे बीच की दीवार ढहने लगी थी।

"कश्मीर के तो हम भी हुए।"

"नवासी में आयीं होंगी?"

"नहीं नब्बे में।"

"किधर से आये थे तुम लोग? कहाँ के हो?"

"कहाँ का बतायें–किधर से आये, किधर समाये। हमने तो सुना है, नवासी में जो कश्मीरी पण्डत आये थे, उनमें से हर फैमिली को दस-दस हज़ार मिले या सोलह-सोलह, इस लालच में कइयों ने अपनी फ़ैमिली का बँटवारा कर लिया। हर फिरके को दस-दस हज़ार। मौज करो जी। पैसे हों

तो धरम-करम की बात करो, पैसे हों तो जात-पात की। पैसों के लिए कभी उधर चले जाओ, पैसों के लिए कभी इधर।"

इस कलमुँही को मुँह लगाना अच्छा नहीं हुआ। अब हम दोनों ख़ुद पर झल्ला रहे थे।

"यह जात-पात कहाँ से ले आयीं तुम?"

"क्यों खातून, ज़रा अपणी जात तो बतलाना।" उसने बुर्के वाली उस प्रौढ़ा औरत से पूछा। वह फिर नक़ाब उलटकर फटी-फटी आँखों से हमें ताकने लगी।

"नहीं बताना चाहती है ये। चलो हम बताते हैं, पैदाइशी कुछ और थी। फिर कुछ और हुई। जहाँ-जहाँ गयी वहाँ-वहाँ इसकी जात बदली। निचोड़ा, मन भरा और छोड़ दिया। असल में औरत या मर्द की कोई जात ना होवे—बस औरत और मर्द! मगर मेरा कलेजा सुलग जाये जब इन्सान की पूँछ उठाकर उस पर जात का ठप्पा मार दिया जावे। अपनी शख़्सियतों को रंग में, ढंग में, बोली में, बानी में, दिखावे में, पहनावे में, पहचान में छुपाते-फिरते लोग। ज़िन्दा रहने के लिए क्या-क्या फ़रेब नहीं करने पड़ते।"

"कैसा फ़रेब?"

"अब यही लो, जब भी बात होगी, कश्मीरी पण्डतों की होगी। क्या इतने बड़े कश्मीर में पण्डत ही पण्डत थे। कहाँ गये दूसरे लोग?"

मैं क्षमा से धीरे-से बुदबुदायी, "कहीं यह नामुराद, 'बकरवाल', 'गूजर', 'पहाड़ी', किस्तवार', 'बद्रवार' जैसी किसी बिरादरी की तो नहीं हैं?" क्षमा ने कन्धे उचकाये, "पता नहीं।"

हमारी बातचीत को ताड़ लिया उसने, "बुरा न मानना भैण, पण्डतों का बुरा सोचूँ तो ऊपर वाला मुझे कभी माफ़ न करें। मगर एक पूरी आबादी जलावतन होकर रुक-रुक कर ह्याँ से ह्वाँ, ह्वाँ से ह्याँ बॉर्डर से छुप-छुपाकर आती रही या खदेड़ी जाती रही तो इस बात की खोज तो होनी ही चाहिए न कि कोण-कोण थे। गैर पण्डत जो न आ पाये, जिनकी आये दिन तलाशियाँ चल रही हैं, उनका क्या हुआ? जो बच-बचाकर आ गये, उनका और उनके आद-औलाद का क्या बना? घाटी का क्या हाल है, जम्मू का क्या, बॉर्डर

से सटे इलाकों का क्या, बाक़ी इलाकों का क्या? हमें तो लगता है, या तो वे मुसलमान बन गये या पण्डत का लबादा ओढ़े रहे। यही दहशतगर्द हैं उस पार और इस पार के।"

उसकी वाचालता और तर्कों से हम भन्ना गये। मुसलमान और हिन्दू, इस पार और उस पार—दोनों को दहशतगर्द बता रही थी। कश्मीर के नाम पर कौन-सा धूल खाता पन्ना उठाकर बाँच रही थी वह, क्या पता। क्या उसे पता नहीं कि कश्मीरी पण्डित एक आम शब्द है जिसके तहत कश्मीर से विस्थापित हर हिन्दू को 'कश्मीरी पण्डित' कहा जाता है।

"न? नहीं? सफ़ाई और मैला साफ़ करने वाले कुछ जमादार इस अफरा-तफरी में सबसे ज़्यादा खुश थे, पूछो क्यों? उन्हें हिन्दुओं ने छोड़ दिया था और मुसलमानों ने अपनाया नहीं। उन्हें हिन्दुओं द्वारा छोड़े गये बड़े-बड़े मकान मिल गये। उन्हें न हिन्दुस्तान में जा पाने का अफ़सोस था, न पाकिस्तान में रह जाने का, उन्हें क्या कहोगे पण्डत? कहने को कह भी दिया, चलो थोड़ी देर के लिए। पर पण्डत मानेंगे? वो लोग मेहतरों को छोड़ो, दूसरे जात वालों ह्याँ तक कि दूसरे बामनों को भी 'पण्डत' ना मानें।'' वह फक्कड़ों-सी हँस रही थी। उसका चेहरा ओझल था मगर उसकी तेज़ाबी हँसी बहुत-सी मर्यादाओं को तार-तार कर रही थी।

हम उसे कुछ और हक़ीक़तें बताकर उसकी कई ग़लतफ़हमियाँ दूर कर देना चाहते थे मगर उसने हमें मौक़ा ही न दिया, कारण, उसके उस धूल खाये फटे पन्ने से कोई औरत निकली चली आ रही थी, घोड़ी पर चढ़ी औरत 'भागवन्ती'। हमारे बंजर किताबी ज्ञान के मुक़ाबले उर्वर और जीवन्त! भागवन्ती! नहीं नहीं, यह अधूरा परिचय होगा, असल परिचय होगा 'गर्भिणी भागवन्ती' अनेक सम्भावनाओं से भरी हुई भागवन्ती, एक भागवन्ती कई भागवन्तीयों में गुणित होती है, कुछ घोड़े पर, कुछ और किसी चीज़ पर, कुछ पैदल, सहराओं में घिसटती या घसीटी जाती हुई...।

"अपणा मुलुक, अपणा वतन, अपणा सब कुछ छोड़ कर कोण जाणा चाहे भैण! लेकिन जाना पड़ता है। अपने मुलुक से भाग आने के इत्ते साल बाद भी भागवन्ती नहीं भूल पायी अपना गाँव, उसके लोग-बाग, पेड़-पर्वत, नदी-झरने।

आसपास के लोग भाग रहे थे दहशत में। 'रहना है तो धरम बदलो, नहीं तो...!' एक ही फ़ैमिली में कुछ लोग बदल गये थे, लेकिन बाक़ी...? अपने ही गाँव के लोग कैसे बदल गये थे। वह उन बाहरी लोगों से मिल गये थे। भागवन्ती ऐसे ही बाक़ी लोगों में थी जिन्हें जान भी प्यारी थी और जात भी। उन्हें भरोसा था, जिस रब की उन्होंने इतनी पूजा की है, वो रब कोई न कोई करिश्मा कर दिखायेगा, आख़िरी वक़्त तक। सो वह बने रहे और सबसे अख़ीर में ही गाँव छोड़ने को तैयार हुए।"

वह कभी पंजाबी मिश्रित हिन्दी में बोलती—कभी पश्तो, अरबी, फ़ारसी, या किसी और ही ज़ुबान के हैंगआउट मिल जाते, भाषा में बोली के साथ-साथ कुछ कुछ डरावना होता जाता। चेहरा भी बदल रहा था क्या!

"उसका एक दस-बारह साल का बेटा जित्तू छत पर चढ़कर निगरानी करता। वह मज़ाक-मज़ाक़ में डराया करता, 'भागो, वे आ गये।' चूँकि कोई न आता सो उसकी बात को हँसी में उड़ा दिया करते। सूखे मेवे और खाने-पीने के सामान बाँध लिए थे साथ ही विक्टोरिया के चाँदी के रुपये से भरी छोटी-सी पोटली भी, उन्हीं में से एक का हेड-टेल उछाला करता वो 'आयेंगे, नहीं आयेंगे!' रोज़ ही रात का खाना दिन रहते ही बणा लेते वे। जित्तू कुफर बोलता, "उन्हें अच्छी तरह खिला-पिला कर, उनसे गले मिलकर दुआ सलाम करके जायेंगे।" लेकिन एक दिन उसका बोलना मज़ाक़ न था। वह सचमुच हड़बड़ी में था, ''ऊपर कुछ भागमभाग नज़र आ रही है। लगता है, वह पहुँचने ही वाले हैं।'' जैसा कि पहले से तय था, सवारी के घोड़ों-घोड़ियों को छोड़कर सारे मवेशियों के रस्से खोल दिये गये। दरवज्जे खुले छोड़ दिये गये।

"औरों की तरह भागवन्ती ने भी पीछे मुड़कर अख़ीर बार देखा अपने आशियाने को, अपने पुरखादी निशानियों को। आसमानों में अभी भी उजाला था। घर-द्वार, मवेशी, पेड़-पौधे ही नहीं, पत्थर तक भी कितना अपणा लगणे लगे हैं बिछड़ने के बखत! घोड़ी पर चढ़ने ही वाली थी कि याद आया—वो अपणा पुश्तैनी पीतल का हुक़्क़ा दादाजी की निशानी! उसे राख से चमकाकर ऐन बैठक के बीचोबीच रख देते तो लगता, दादाजी हमें ताक रहे हैं। पूरे

परिवार पर निगहबानी रहती उनकी। उसे कैसे छोड़ दें? बस उसी को लाने को लौटना पड़ा। गयी, उठाया और लगभग दौड़ती हुई आयी। देर नी लगाई ज़रा भी।'' वह तनिक रुकी फिर गहरे अफ़सोस में झरी उसकी आवाज़ "मगर देर लग गी! देर लग गी।"

वह फिर रुकी। तिलस्म को गहराने दिया, फिर बोली, "वे आ चुके थे एक, दो, तीन, चार या कितने पता नहीं। आते ही जा रहे थे। आसमानों में हल्का अँधेरा झरने लगा था। उनके लिए पहले ही टुकड़े फेंक रखे थे। घर खुला था, कमरा-कमरा खुला था, खाणे-पीणे की और ढेर सारी दीगर चीज़ें थीं, पुश्तों से जोड़ी हुई एक-एक चीज़। बना-बनाया रात का खाणा भी जैसे वे कोई जिन्न हों, जिन्हें ख़ुश रखने के लिए ये तैयारियाँ हमने कर रखी थीं।"

"बस एक पिराबलम थी बूढ़ी सास! इस बूढ़ी को कैसे सँभाला जाये। लेकिन वो पिराबलम ऐन बखत पर बूढ़ी ने ख़ुद ही हल कर दी। इस सफ़र पर कूच करने के पहले ही वह अपने लम्बे सफ़र को कूच कर गयी। डर कर मर गयी। डर कर! उसे वहीं छोड़ देना पड़ा।"

''अब एक घोड़ी पर भागवन्ती और उसका मरद। दूसरे घोड़े पर पन्द्रह साल की ननद, दस बरस का जित्तू। इसी बरस ननद की शादी करने की सोच रहे थे। दोनों बहादुर बच्चे। ननद के हाथ में बन्दूक़। ईंधर पेट से थी भागवन्ती, सो उसके मरद को सँभलकर चलना पड़ रहा था।''

वे आते ही टूट पड़े थे। तनिक देर बाद, जित्तू की आवाज़ आयी, "ज़रा तेज़ चलो बापू, वे फिर आ रहे हैं।" तेज़ नहीं चल सके उल्टे ननद ने अपने घोड़े की चाल धीमी कर दी ताकि साथ बना रहे।

"फेंक जो भी फेंकने लायक हो।" भागवन्ती के मर्द ने कहा। उन्होंने एक-एक कर सिक्कों की सभी थैलियाँ फेंक दीं, भागवन्ती ने पूछा, "अब?"

"गहनों को किस दिन के लिए छोड़ रखा है?" भागवन्ती ने कहा।

भागवन्ती ने एक-एक कर गहने फेंकना शुरू किया। वे लूटने भर को रुकते, फिर आगे बढ़ जाते।

''अब फेंकने को कुछ नहीं बचा।'' भागवन्ती ने कहा।

''वो पीतल का हुक़्क़ा किस दिन काम आयेगा?'' पति ने कहा।

''उसे सबसे अखीर में फेंकेंगे, पुश्तैनी निशानी है।''

''अब कौन-सा अख़ीर आयेगा? कोई भी चीज़ तो नहीं बची जिसको फेंक कर इन दरिन्दों को उलझाकर रखा जा सके?''

"एक चीज़ है।" इतना कहकर ननद ने जित्तू के गाल चूमे। अपनी बन्दूक़ उसे थमायी और घोड़ा रोककर उतर गयी।

एक कमसिन औरत पाकर वे रुके।

कुत्ते की तरह हक जताने के लिए आपस में भिड़ गये। फायरिंग भी हुई। फायरिंग की आवाज़ों में कुछ एक आवाज़ें जित्तू की बन्दूक़ की भी थीं। उन्हें सुरक्षित भाग निकलने के लिए वह भी पिल पड़ा था। मारा गया।

"अब अकेला घोड़ा भागा जा रहा था दो सवारों को वहीं छोड़ कर। फायरिंग फिर शुरू हो गयी थी। ले—धाँय।"

"ले—धाँय!" भागवन्ती का मर्द आधा मुँह से बोल रहा था, आधा बन्दूक से।

"हम में से एक को जाणा पड़ेगा अब।" वह बोला, ''तेरे पास खानदाण की आख़िरी निशानी है। तू निकल जा, मैं इन्हें रोके रखता हूँ। तुझे कसम है जो मेरी बात न मानी,'' कलेजे में हूक उठ रही थी भागवन्ती के मगर रुलाई को अन्दर ही अन्दर घोंटना पड़ रहा था।

डर की गुँजलक थी और नींद की खुमारी। वह औरत अब किसी कैम्प-वैम्प की बात कर रही थी और मैं उस अनदेखे कैम्प को विजुअलाइज कर रही थी आधी नींद में थी, आधी जागरण में, मेरी तरह उसकी कहानी भी आधी पानी में थी, आधी पानी के बाहर...।

"रेफ्यूजी कैम्प!'' जैसे खानाबदोश बनजारे किसी खाली पड़ी जगह में बस्तियाँ बसा लेते हैं, यहाँ रसोई, वहाँ पानी का घड़ा, वहाँ बिस्तर, वहाँ कपड़े, वहाँ झाड़ू, वहाँ जूठन, वहाँ कुत्ता, वहाँ कौवे, वहाँ खेलते-झगड़ते बच्चे, इधर नहाती जनानियाँ, उधर ताकते-झाँकते लोग, हुफ-हुफ करते पूँछ से मक्खियाँ उड़ाते घोड़े-घोड़ियाँ और टट्टू! सरकारी इमदाद और खैरात के भरोसे कब तक कटती ज़िन्दगी! मर्द हर जगह काम ढूँढ़ने जाते। कभी मिलता, कभी नहीं, मिल-मिल कर छूट जाता। न बच्चे की कायदे की

परवरिश, न पढ़ाई-लिखाई, न बड़ों को रोज़ी-रोज़गार। बनजारों-सी ज़िन्दगी। कभी खाते, कभी भूखे पेट बीमार पड़ते। बिना दवा-दारू के पड़े रहते ज़मीन पर। मक्खियाँ भिनकती रहतीं।

"कि तभी एक दिन कोई दिलावर सिंह आये और अपने गाँव खाने रहने की बात करने लगे। भागवन्ती को लगा, रेफ्यूजी कैम्प के नर्क से अलग वह जो भी होगा, सुरग ही होगा।

"अब दिलावर सिंह का गाँव! लम्बी-चौड़ी खेती-बाड़ी, गाय-भैंस, बैल। क्या नहीं, तो मिनख! एक भी नहीं! क्यों नहीं तो डरकर भाग गये। क्यों भाग गये तो फायरिंग होती रहती थी। बॉर्डर का इलाका है, जब चाहे उधर के लोग और फ़ौजी आकर यहाँ बकरे और खाणे-पीणे का सामान लूट ले जाते, और लड़कियाँ भी, जब चाहा फायरिंग करणे लगते।"

"घर छूट गया। गाँव छूट गया। वतन छूट गया। खसम छूट गया। बेटा छूट गया। बेटी छूट गयी। सास और ननद छूट गयी। सबको अपनी आँखों के सामने लुटता हुआ देखती रही। सब कुछ तो उनके हवाले कर दिया एक-एक कर सब कुछ। उसका बस चलता तो वह अपने पेट को भी ख्रोंच कर फेंक देती ताकि हल्की होकर भाग सके।" उसके 'खरोंच' शब्द के उच्चारण पर हमारी तो गिनगिनी छूट गयी। पूरा दृश्य ही साकार हो गया हमारे सामने। वह बोलती गयी, "उन्हें उनके धरम का वास्ता दिया, ईमान का वास्ता दिया, इंसानियत का वास्ता दिया। उन्हें बाप बणाया, भाई बणाया, कहाँ के बाप, कहाँ के भाई वे सिर्फ़ दहशतगर्द दरिन्दे थे, सिर्फ़ दहशतगर्द दरिन्दे! कहाँ भाग कर जाओगे? सुणा है, अमरीका ने ऐसी गोली बनाई है जो ज़रूरत पड़ने पर अपणा रास्ता बदल कर भी मारती है। गोया के गोली न हुई, साँड़ हो गयी। साँड़ भी नहीं, वो तुम्हारा भेड़िया...!"

"हम तो कहानी की बात कर रहे थे, एक कहानी थी 'भेड़िए'।" क्षमा ने उस बावरी को समझाने की कोशिश की।

"मैं कोई कहाणी-वाणी ना जानूँ। मैं तो हक़ीक़त बयाँ कर रही थी, हक़ीक़त।" उस औरत ने बात काट दी।

"तुम कैसे कह सकती हो कि वो हक़ीक़त थी?"

"इसलिए कि भागवन्ती मेरी माँ है। अभी ज़िन्दा है। वह जिसे पेट से ख्रोंच कर फेंक देना चाहती थी, वो मैं!" झन्न-सा कपाल पर बजा और गड़राता चला गया दूर तक...देर तक।

"अरे!" हम दोनों सँभलकर बैठ गये। कम्बख़्त लाइट एकदम से चली गयी। उसकी आवाज़ अँधेरे में, जहाँ-तहाँ से टकराती हुई फड़फड़ाती रही थी।

"माँ के पेट में ही मैंने बॉर्डर पार किया, कैम्प में पैदा हुई, बॉर्डर के दिलावर सिंह के फार्म हाउस पर जवाण हुई। कैम्प में लौट कर अपणे बचे लोगों में ब्याह रचाया। एक बेटा देकर कहीं कमाणे चला गया मेरा मरद। नहीं लौटा। बेटे बलविन्दर का ब्याह किया। इत्तेफाक देखो कि रब ने उसे भी बेटा दिया। दलजीता। सातवीं पास बलविन्दर भी एक दिन काग़ज़ बनवाकर चला गया इराक़। फिर नहीं लौटा। उसकी बहू बीमार होकर चल बसी। अब मैं हूँ, माँ है और मेरा पोता दलजीत जो ह्याँ मेरे पास सो रहा है। घर जो छूटा, सो छूट ही गया।

''...स्वाल है, हम क्या बचाणा चाहते हैं और, क्या बच पाता है! एक-एक कर प्यारी लगने वाली सभी चीज़ें हमें फेंकनी पड़ती हैं, ताकि गड्डा हल्का हो और हम भेड़ियों से जाण बचा कर भाग सकें। अब अपणा ही देखो, बची भागवन्ती, खानदान की निशाणी, माने मैं–उसकी बेटी लाजो; यह पोता दलजीत और...दादाजी का हुक़्क़ा। गुज़रे ज़माने की यादें ता ज़िन्दगी ढोया करे हैं हम, जबकि खुद को ही ना ढोया जावे है और यादों को ढोने का जज़्बा...? भौत ई ख़तरनाक ये जज़्बा, भौत ई ख़तरनाक! बचा तो पाते नहीं, मुफत में कुछ और गँवा आते हम। हाय रे मेरा जित्तू और बुआ नीलू जिन्हें देखा नहीं म्हारी आँखों ने। चाहते तो वे पहले भी भाग सकते थे! तब इन्हें बचा लेते वे मगर वो...पुश्तैनी हुक़्क़ा! एक निशाणी बचाणे के लिए सारी निशानियों को मिट जाने दिया हमने...

"अब ये लड़का है, मेरी माँ है और मैं। मैं एक क्रैच चलाती हूँ। तीन एक हज़ार मिल जाते जी। डेढ़ एक हज़ार घर के भाड़े में निकल जावे हैं। बाक़ी बचे डेढ़। अब इतने पैसों में मैं माँ को बचाऊँ या पोते को! कई बार सोचा, माँ ने तो भौत दुनिया देख ली। पोते ने तो कुछ भी नहीं देखा।

माणे सम्झ रही हों ण आप? हमारा-तुम्हारा, म्हारा सबका वही पुराणा स्वाल, 'जीभ चटचटाते दौड़े आ रहे हैं पीछे भेड़िए। बोझ हल्का करना है। माँ को फेंकूँ या बेटे के बेटे को? एक गुज़रा जमाणा है, एक आणे वाला। बीच में मैं...और हम सब के बीच बेटा। इराक़ से कोई ख़बर नी आयी, ज़िन्दा है या...? लेकिण हम सब उसका जन्मदिन मनाते हैं हर साल।

"सोचती, कभी-कभी माँ को ही फेंक दूँ। लेकिण फिर सोचती माँ ण होती तो तू कहाँ होती, कैसे बच पाती करमजली! तो क्या पोते को? लेकिण वो तो अकेली जाण है वारिस, जो तेरी पहचाण कू आगे ले जायेगा, वरना तू क्या और तेरी ज़िन्दगी क्या!

''थक गयी मैं इसको उसको ढोते-ढोते। बुरी तरह थक गयी। कभी-कभी इत्ती थक जाती कि खाणा तक नी बना पाती। मोटी-मोटी तीन रोटियाँ थाप देती तो एक-एक पड़ती है लेकिण सच्ची कहूँ, अब फेंका नहीं जाता किसी को। किसी को भी नहीं।''

"नहीं। मान लो फेंकना निहायत ज़रूरी हो जाये तो किसे फेंकोगी?" यह मेरा अन्तिम यक्ष प्रश्न था।

"फेंकने की ही बात क्यों करते लोगाँ?" वह यकायक छेड़ी गयी सद्यः प्रसवा बाघिन-सी गुर्रा उठी।

"ह्याँ से जाण बचाने को ह्वाँ। ह्वाँ से जाण बचाने को ह्याँ।

''जहाँ भी जावें, सूँघते-सूँघते आ जाते हैं दरिन्दे। आदमी से कुत्ता बना दिया हमें, चूहा बना दिया हमें। ताज्जुब! देश तो चल ही रहा है, दुनिया तो चल ही रही है। खैरात, इमदाद भी बाँट रही है मुसीबत के मारों को। हम जैसे रेफ्यूजियों की तकलीफ़ देखने वाला कोई नहीं। हम उत्ते सालों से वैसे ई हैं वहीं रेफ्यूजी कैम्प! हमारा कोई देश नहीं, वतन नहीं? हम आसमान से टपके हैं? कहाँ चले जायें? गया तो मेरा बेटा इराक़! लौट पाया? या रब! धरती का कोण-सा कोणा है जहाँ चले जायें हम?''

लाजो की आवाज़ फट कर कातर फरियाद सी बरस रही थी। जाने कब आँख लग गयी, ट्रेन के झटके से खुली तो लगा, किसी स्टेशन पर रुक कर फिर से रेंग रही है। क्या पता, कितनी देर तक रुकी रही।

वह एक धुआँती हुई चाँदनी रात थी। नीचे किसी खलियायी नदी का विस्तार था। उखड़ा-उखड़ा परिवेश। धुँधला-धुँधला परिदृश्य जहाँ-तहाँ कुछ एक झाड़, कुछ एक चट्टानें, कुछ एक पेड़ और जहाँ-तहाँ थोड़ा पानी जिसमें रोशनी के परिन्दे-सा चाँद कभी एक गड़हे में नहा कर पंख फड़फड़ाता, कभी दूसरे गड़हे में। गाड़ी अभी-भी रेंगते-रेंगते रुक रही थी, रुकती-रुकती रेंग रही थी। सहसा नज़र ऊपर गयी। ऊपर वाली बर्थ पर न लाजो थी, न उसका पोता। बुर्के वाली औरत भी नहीं। वे कहीं उतर गये, उन्हें उतार लिया गया या वह कोई प्रेतलीला थी! इस बीमार रोशनी में बुर्के वाली का चेहरा दो-एक बार जल कर बुझ गया। लाजो या उसके पोते का चेहरा तक ठीक-ठीक न देख पाये हम, न ही यह पूछ पाये कि वह कौन थी और कहाँ का वाक़या बयान कर रही थी—सन् 1947 का, सन् 1989 का, सन् 1971 का, 2013 का या उसके आगे-पीछे कहीं और का, या कि वह बॉर्डर पीओके का ही था या हिन्द पाक कश्मीर का, बांग्लादेश का, अफ़ग़ानिस्तान, ईरान, इराक़, मिस्र, सीरिया, तुर्की, फिलिस्तीन, इजराइल या कहीं और का... कि वह भागवन्ती की बेटी लाजो ही थी या बर्बरीक की कोई अभिशप्त आत्मा! प्रेत तो कहीं के भी हो सकते हैं, कोई भी शक्ल अख़्तियार कर सकते हैं, कोई भी जुबान बोल सकते हैं। है ना!

उसका संग तो ट्रेन में ही छूट गया। वह दृश्य हमने अपनी आँखों से कभी देखा भी नहीं मगर उस रात की बात याद आते ही ऐन आँखों के आगे खिल उठता है वह अनदेखा दृश्य, जहाँ अँधेरों-उजालों को पार करती कोई गर्भिणी औरत घोड़ी पर भागती चली आ रही है। नीचे टूटती कन्दराएँ हैं, धसकती धरती है, जहाँ-तहाँ ज्वालामुखी के फ़व्वारे हैं और उनके ऊपर जगह-जगह जड़े जीवन्त जोडियक चिह्नों, मुण्डों, कबन्धों, उल्का पिण्डों, धूमकेतुओं का औंधा आकाश!

❑❑